Volta ao mundo numa bicicleta ergométrica

Derico Sciotti

Volta ao mundo numa bicicleta ergométrica

Ilustrações
Ciro Araújo

1ª reimpressão

Planeta

Revisão: Tulio Kawata
Capa: AZ Design
Ilustração de capa: Ciro Araújo

Dados Internacionais de Catalogação na Publicação (CIP)
(Câmara Brasileira do Livro, SP, Brasil)

Sciotti, Derico
Volta ao mundo numa bicicleta ergométrica /
Derico Sciotti. – São Paulo : Editora Planeta
do Brasil, 2010.

ISBN 978-85-7665-525-1

1. Humorismo brasileiro I. Título.

10-03927 CDD-869.975

Índices para catálogo sistemático:
1. Humorismo : Literatura brasileira 869.975

2010

Editora Planeta do Brasil Ltda.
Avenida Francisco Matarazzo, 1500 – 3º andar – conj. 32B
Edifício New York
05001-100 – São Paulo-SP
www.editoraplaneta.com.br
vendas@editoraplaneta.com.br

Este livro é dedicado
a minha esposa Regina
e a meus filhos Felipe e Luísa,
fontes inesgotáveis de amor
e compreensão.

Tenho um amigo fraterno, flautista, Marcelo Império Grilo, vulgo MIG, de quem "roubei" o apelido e a quem presto aqui uma singela homenagem.
Saudade de nosso dueto!

"*É o besouro! É o besouro!*"

"A resposta está... CORRETA! Parabéns! Você acaba de ganhar R$ 100.000,00! Essa realmente foi muito difícil, mas você acertou! Acertou e ganhou! Agora, vamos à próxima pergunta... valendo R$ 150.000,00. Você para ou continua?"

– Eu não tô acreditando! Que horas são?

Miguel olha por cima da coberta um despertador que ele afanou do quarto de um hotelzinho mequetrefe em Nepomuceno e vê piscando 02:13.

– Acabou a luz de madrugada de novo! Que horas são?

"E então, para ou continua?"

– Que para ou continua o quê?... Cala essa boca! Cadê o controle? Ai... minhas costas!

"Não, não! Não responda agora..."

– Cadê essa porra de controle?

"... vamos a um rápido intervalo e voltamos já, com mais Uma Hora Você vai Dançar, Ah Vai!!, *o otimismo na TV! Aguardem..."*

– Tá bom... otimismo na TV!! Vê se isso é nome de programa! *Uma Hora Você vai Dançar, Ah Vai!!* Cadê o controle? O pior é que tem gente que participa... Quem será que anuncia num programa desses? Cadê o controle dessa mer... Ah! Achei!

Naquela manhã, como em todas as outras manhãs, Miguel acordou, ou melhor, foi acordado pela televisão que não dorme nunca e está sempre em alto e bom som! É um vício que ele trouxe da infância, já que sempre teve medo de dormir e usava a TV como sua fiel escudeira.

Além da TV nada especial, no quarto de Miguel ainda podiam se ver um pequeno criado-mudo, onde ele colocava seu despertador, cuja história está narrada acima, um pequeno tapete que ele teimava em colocar do lado oposto ao que sempre levantava, o que fazia com que aquele tapete perdesse completamente a sua função, um mancebo vazio, inútil, e um armário embutido com seis portas de fórmica, das quais cinco ele usava para guardar as roupas que não usava nunca, ou porque não gostava ou porque não serviam mais e uma ele usava para guardar suas roupas limpas, poucas, mas limpas! Isso porque as roupas usadas ele pendurava em sua bicicleta ergométrica, também inútil, talvez até mais inútil do que o mancebo, que ele ganhou de presente de aniversário de seu único amigo, amigo fiel, não tão fiel

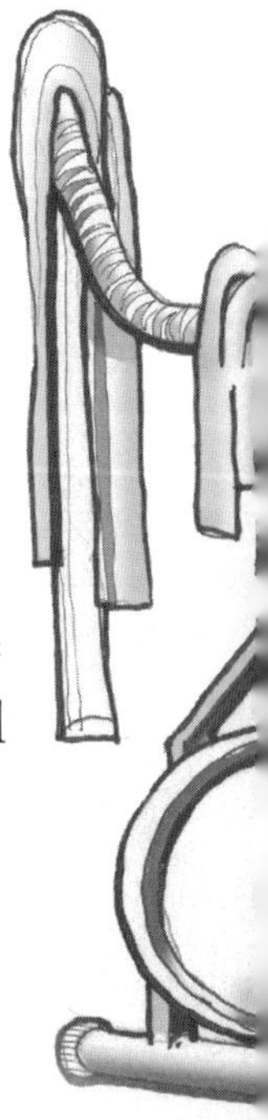

quanto sua TV, mas a única pessoa que aturava e entendia um pouco a cabeça de Miguel, o Gilson!

"*Voltamos com* Uma Hora Você vai Dançar, Ah Vai!!, *o otimismo na TV! E a pergunta que não quer calar, você para ou continua?*"

– Que inferno! Essa TV liga sozinha? Eu acho que é ela quem quer ver o programa... TV com vida própria... era só o que me faltava!

"*Continuo! Vou continuar!*"

– Não acredito... esse cara não vai pegar os R$ 100.000,00?

"*Ele vai continuar, senhoras e senhores! Vejam que coragem a desse rapaz. É tudo ou nada, você sabe, né?*"

“Sei sim!”

– Não pode ser!

“Pronto para responder a pergunta que vale R$ 150.000,00?”

“Sim!”

– Para, imbecil!

“Então vai lá... quando, e nesse quando estão local, dia, mês e ano, Ok?”

“Ok!”

– Puta cara burro!

“... quando Santos Dumont, o pai da aviação...”

– Porra! Pergunta logo!

“... quando Santos Dumont voou pela primeira vez em uma máquina mais pesada que o ar sem a ajuda de elementos externos?”

– Que pergunta do caralho! Esse cara não vai saber isso nem fodendo!

“É, meu amigo! Agora complicou, hein?! Quando Santos Dumont voou pela primeira vez em uma máquina mais pesada que o ar sem ajuda de elementos externos?”

– Ele nem sabe o que são “elementos externos”!

“Essa é a pergunta que vale R$ 150.000,00! E a resposta a essa pergunta...”

– Não vai me dizer que...

“... só saberemos amanhã!”

– É brincadeira? Isso é palhaçada!

"Não percam Uma Hora Você vai Dançar, Ah Vai!!, *o otimismo na TV... e sua hora pode ser amanhã!"*

– Amanhã já era! Eu vou botar fogo nessa TV!

"Até lá amigos! E fiquem agora com o nosso momento culinário na companhia de nosso Chef François d'Almeida e seu Ainda Como Esse Biscoito! *Tchau!"*

– Por que é que eu ainda vejo essa porcaria!? Ai, minhas costas...! Cara, o que eu fiz ontem pra ficar com as costas desse jeito? E essa TV, bicho... que liga sozinha... que porra é essa? Quando Santos Dumont voou... Ah...! essa ele não vai acertar mesmo! R$ 100.000,00... ele devia ter parado! Eu parava!!

Miguel tem aquilo que os médicos hoje chamam de SRPPNFNDI ou "Síndrome da Ranzinzice Precoce em Pessoas que Não Fazem Nada o Dia Inteiro", uma anomalia psicossomática que atinge, em sua maioria, homens solteiros, fisicamente sadios, bem-sucedidos em alguma época da vida, alfabetizados e órfãos. O fato de ter Gilson como amigo e companheiro faz de Miguel uma pessoa "completa" no sentido afável da palavra. Ele se autodepende, se enclausura em sua vida insignificante, não dá razão a nada nem a ninguém, não se beneficia de nada nem de ninguém, conversa pouco, quase não sai de casa, se contenta com o vazio que o rodeia. Miguel e Gilson são amigos de juventude, estudaram juntos no colégio, um dormia na casa do outro nos finais de semana, Miguel era apaixonado por Gellen, a irmã de Gilson (tinha ainda a irmã mais velha, Joyce, a única cujo nome não começava com G por motivos óbvios!). Os pais de Gilson, dona Gê e seu Ilson, eram treinadores de cavalos (seu Ilson chegou a ser jóquei, mas teve que parar por conta de um acidente em uma corrida de turfe... seu cavalo, no meio de um páreo, conseguiu achar uma égua no cio pastando num terreno ao lado da pista e simplesmente não obedeceu mais a seus comandos, saiu em disparada em direção a ela, passou pela grade de proteção que separava uma área reservada para entretenimento com brinquedos infantis, literalmente atropelou um palhaço que brincava com algumas crianças num minipalco, avançou sobre a área de alimentação, triturou um carrinho de cachorro quente e só foi parar quando se enroscou na rede da piscina de bolinhas, felizmente vazia naquele momento! A égua, que nem percebeu a movimentação, acabou dando para um pangaré que puxava uma carroça de ferro-velho) e por isso Gilson acabou herdando o gosto pelo animal. Na época da escola, quando chegavam as férias, Gilson sempre viajava com os pais para um pequeno sítio que tinham no interior e cuidavam de seus três cavalos, Santa Maria, Pinto (tinha esse nome porque era macho) e Nina. A outra paixão de seu Ilson era a navegação!

Mas, voltando à vida de Miguel, o começo não foi nada fácil...

Muito jovem, ele perdeu seus pais (lembram que ser órfão é um dos quesitos para se ter SRPPNFNDI?) num acidente automobilístico. Como não tinha parentes próximos, passou por algumas entidades beneficentes até chegar ao orfanato Para de Chorar, Neném!, onde concluiu o primário. Nessa época foi transferido para o Instituto Apolo X levado por seu professor de educação física para aprimorar seus estudos e para seu aperfeiçoamento no treino de maratona e triatlo. O Apolo X era tido como um centro de referência no esporte estudantil em todo o país. Foi aí que Miguel conheceu Gilson. Os dois se entenderam rapidamente, treinavam juntos, tinham os mesmos ideais, as mesmas perspectivas, porém tinham vidas completamente diferentes.

A plenitude na vida de Gilson contrastava gritantemente com a melancolia profunda de Miguel, que, apesar de muito ativo, um atleta acima de tudo, carregava consigo uma tristeza praticamente incurável!

Gilson, com o tempo, foi se aproximando cada vez mais de Miguel. Trocavam pequenas confidências, combinavam passeios, sempre iam juntos aos treinos, às sessões semanais de fisioterapia, estavam grudados. Gilson tinha uma certa inveja de Miguel por ele ser sozinho, órfão. Na cabeça adolescente de Gilson, Miguel era livre, não precisava dar satisfações a ninguém, não tinha os pais no seu pé, morava sozinho no alojamento do Instituto. Mas o que Gilson não imaginava era a solidão de Miguel, o vazio de sua vida e o que isso iria acarretar em seu futuro.

– Bicho, deixa eu levantar... pra fazer o quê? O que vou fazer hoje de diferente do que fiz ontem? Alguma coisa melhor, maior... Nooossa!, minha cara tá um lixo... olha só que cara de cavalo... tzzz... tá mais pra pangaré! Vou é tomar um belo banho, fazer essa barba horrorosa e me preparar pra... nada! Não tenho nada pra fazer hoje de muito interessante! Mas que eu precisava fazer alguma coisa eu precisava!

Miguel saiu pelado do banheiro e começou a andar pelo quarto, olhando de um lado para outro, vendo aquele descuido que se tornara a sua vida, um monte de coisas amontoadas, fora de lugar, coisas sem história, sem motivo, sem nome, pedaços de outros dias jogados no chão, tudo sem muita lembrança, sem muita emoção...

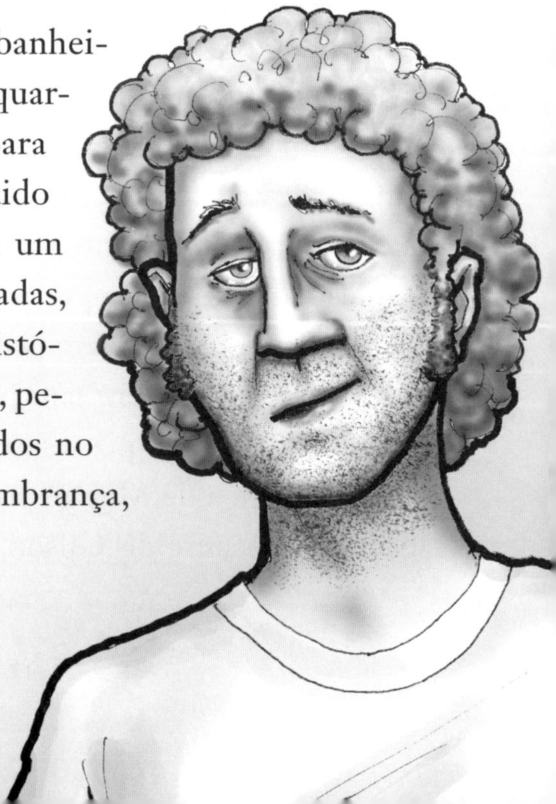

– E eu acabei que não vi que horas são! Cadê meu relógio?

Ele começa a procurar seu relógio. Abre gavetas, levanta roupas, tira algumas revistas e jornais de cima da TV, desarruma a já desarrumada cama...

– Ahá!... Achei você! Puta, são dez e meia! Grande coisa! Se fosse uma da tarde dava na mesma! Só ia estar com mais fome! Aliás...

Miguel coloca um calção que estava pendurado há dias na sua bicicleta ergométrica e vai em direção à cozinha, na esperança de encontrar algo que se pareça com alguma coisa relativa a um café da manhã.

– Vejamos... azeitona... que que é isso? Nossa Senhora!... mel? Quem comprou mel?... se eu colocar uma gota desse mel na boca eu não abro mais a boca até quarta, gruda tudo!... Ave Maria! Sanduíche Natural Salpicão de Frango... que é isso? Bolor? O sanduba tá embolorado? Puta, que nojo! Sai fora!... acho que até essa água aqui tá podre! Meu Deus do céu! Que pindaíba do caralho!

Miguel tinha uma rotina meio destrambelhada. Depois que perdeu seu bom emprego como gerente de RH numa fábrica de roupas para bombeiros, deu uma certa emburacada no que ele mesmo nomeou de "mês sabático"! Isso foi há um ano e sete meses! De lá para cá, quase nada se passou. Para sobreviver, fazia uns bicos aqui, outros ali... Miguel recebia sempre a visita de Gilson, tinha dias que pensava até em aceitar os convites que Gilson fazia para irem a festas, baladas... mas depois repensava e decidia que não era uma boa hora para sair, grana curta, entusiasmo menor ainda, achava que seria uma péssima companhia!

Ele sempre gostou de mulher, não era muito de ficar sem namorada... gostava da coisa, mas, com o andar da carruagem, já estava na zona do perigo há mais de um ano! E Gilson não se cansava de apresentar gente bonita, pessoas interessantes, bons papos, mas Miguel não parecia muito entusiasmado, estava sempre com o pensamento longe... na realidade, não estava pensando em nada de genial! E Gilson não desistia do amigo, tinha a certeza absoluta de que uma hora isso ia acabar! Ele só não imaginava que seria como foi!

– Mig! Abre a porta, cara!... Mig!

– Calma aí... vai morrer?

– Não brinca não! Preciso ir ao banheiro... Abre logo essa porta!

– Vai, mijão! Entra aí...!

Gilson precisava mesmo! Bêbado e exaltado, estava chegando de uma festa na chácara de uma amiga regada a vodca russa servida em copinho de cristal acompanhada de minipicolé italiano, uma receita etílica exótica com resultados mais do que exóticos!

– Cara! Você perdeu! Você perdeu, cara! A festa tava animal! A-N-I-M-A-L!

– É mesmo?

– É! Você perdeu!

– Já falou, Gilson!

– Mas eu vou continuar falando, cara! Você perdeu!

– Quem foi?

– Todo mundo, tava todo mundo lá! Eu tomei um negócio muito louco... era vodca com sorvete, a noite inteira tomando vodca com um monte de picolé, de morango, de uva, de chocolate com menta, incrível!

– Legal!

– Legal? Uma puta festa dessas e você me vem com "legal"? Por isso que você tá assim, cara! Sem motivação nenhuma, triste, nesse marasmo... Assim fica difícil!

– Lá vem você de novo com esse papo furado! Larga a mão, Gilson! Fala aí, veio aqui pra quê?

– Vim pra mijar... O que você acha? E vou embora rapidinho... preciso dormir porque a coisa tá preta!

– Fica aí... dorme aí, depois você vai embora!

– Não! Vou pra casa, quero tomar um banho, dormir tranquilo...

– Então volta depois, vem bater um gamão comigo.

– Vou ver... pode ser. Mas, meu, dá uma alegrada aí, senão vai ser duro. Se agita um pouco... vai mexer esse corpinho... Por que você não ressuscita essa porcaria de bicicleta ergométrica que eu te dei e está aí jogada? Parece mais um cabide de roupa suja! Jogar gamão com você nesse pique não vai dar não! Está faltando um pouco de endorfina na sua vida, cara!

Mig (de agora em diante vamos chamá-lo assim, mais intimamente...!) colecionou prêmios, ganhou praticamente todos os torneios dos quais participou, tanto nas competições intercolegiais quanto mais tarde em competições estaduais e nacionais. Tinha muita facilidade em natação, trilhas de *mountain bike* e corridas curtas graças a seu biótipo, um rapaz forte, musculatura definida, "ossada grande", mas seu forte era mesmo percursos de longa distância, tanto correndo quanto pedalando, o que por si só era um contrassenso, pois, normalmente, quem se dá bem em esportes como maratona possui um biótipo mais longilíneo, é mais magro e com estrutura óssea mais fina. Gilson também tinha esse biótipo, era *expert* em corridas curtas, tinha muita explosão e muito vigor físico. Mas seu negócio mesmo era hipismo, Gilson gostava muito de cavalos!

Testes revelaram que Mig possuía uma capacidade aeróbica especial, muito acima da média, o que o colocava em um padrão de competição altíssimo, quase profissional em se tratando de um garoto. Ele tinha tudo para ser um grande campeão! Mas uma somatória de acontecimentos em sua vida foi minando sua concentração e acabou por tirá-lo definitivamente do esporte e do caminho que já parecia totalmente traçado.

Depois que se formou no Apolo X, Mig precisava de um trabalho para se sustentar e ter tranquilidade para continuar seus treinos e sua preparação para o grande passo, tentar o índice no triatlo para disputar o Campeonato Mundial em Joensuu, capital da Carélia do Norte na Finlândia Oriental. Começou a treinar em três períodos: pela manhã nadava 5.000 m numa piscina com água a 12 graus, um verdadeiro gelo para os padrões tropicais; à tarde pedalava 60 km por trilhas em terrenos muito acidentados e à noite corria 15 km por ladeiras íngremes e percursos tortuosos. Era uma loucura, mas dava resultados fantásticos!

Como não tinha tempo para trabalhar e precisava muito, Mig decidiu diminuir o ritmo para ter pelo menos um período do dia livre para arrumar um emprego. Decidiu pela noite. Conseguiu através de seu preparador físico uma vaga de ajudante numa fábrica de roupas para bombeiros, onde daria expediente das 8 da noite às 2 da manhã.

– Moleza! Vai dar até pra tirar uma soneca boa! Começo os treinos às sete da manhã, almoço ao meio-dia, pego novamente nos treinos à uma e vou até as seis da tarde! Janto e vou trabalhar! Show!!!

Foi indo bem, tinha um dia muito duro, corrido demais, sem tempo para desperdícios, mas estava valendo a pena! Começou a crescer na empresa, passou rapidamente de ajudante a efetivo e depois a chefe de seção. Foi quando conheceu Clara, a gerente de compras da empresa, uma mulher linda, alegre, meiga, independente e apaixonante! Eles começaram um relacionamento sério, dava pinta de casamento. Ela ajudou Mig a conseguir a tão sonhada promoção... ele se tornou gerente de RH! Seus treinos iam muito bem, ele estava pronto para o teste final, tinha em seus relatórios todos os índices necessários para conseguir a vaga no Campeonato Mundial.

Porém, numa fatídica segunda-feira, quando Mig preparava-se para mais uma noite de trabalho, ao entrar na sala de Clara...

– Benhê... Querida... Você está aí? Posso entrar?

– NÃO!

– Não? Por quê?

– Não entre, por favor!

– Como assim?

– Miguel, é melhor você...

E Mig entrou...

– Clara?

– Ai, meu Deus...

– Clara?

– Não é nada disso que você está pensando...

– Clara?

– Eu posso explicar, querido...

Mig saiu da sala em choque, não tinha condições nem de chorar! Clara nem se deu ao trabalho de ir atrás dele, já sabia que estava tudo acabado...

Para completar, no dia seguinte Mig recebeu a notícia de seu desligamento dos quadros da empresa... estava realmente tudo acabado.

– Quer saber, o Gilson está certo! Preciso dar uma guinada na minha vida! Eu tô muito pra baixo, muito Zé Mané! Vou voltar a treinar, devagarinho, mas vou!

Mig vai até seu quarto, começa a tirar todas aquelas roupas de cima da bicicleta ergométrica, abre espaço, carrega a bicicleta para o meio do quarto...

– Vou começar é já! Para com isso!... um cara como eu, atleta, saudável, ficar assim parado, nauseabundo... não! Isso não é vida!

Mig coloca seu uniforme de treino que estava guardado há tempos no armário, veste seu tênis, pega uma toalha, uma garrafinha de água, sobe na bicicleta e começa a pedalar!

Vai num ritmo bom, 90/5 (velocidade por inclinação), com tiros de trinta segundos de 105/7. Não deu quinze minutos de treino e Mig já não aguentava mais...

– Meu... que coisa incrível! Não tô aguentando mais! Parece que pedalei duas horas! Tô completamente fora de forma! Que vergonha!

Mig sai da bicicleta ofegante, totalmente exausto, suando, pega o celular e liga desesperado para seu antigo treinador.

– Nelson?

– Sim, quem fala?

– Nelson, meu amigo, é Miguel...

– Quem?

– O Mig, seu aluno!

– Mig?

– É...

– Caralho! Mig? Por onde você anda, rapaz?

– Ai, Nelson, é uma história meio complicada...

– Por que você está falando desse jeito?

– É que estava pedalando...

– Ah! Que bom... você continuou seus treinamentos?

– Pois é... não! Comecei de novo hoje! Por isso estou te ligando! Pedalei quinze minutos e não aguentei mais!

– Há quanto tempo você não treinava?

– Um ano e meio!

– Puta merda! Você é louco? Não pode pegar um treino assim, de sopetão... resolver voltar assim, sem uma orientação... você pode se lesionar seriamente. Ainda bem que me ligou!

– Então, como devo fazer? Estou mais gordo, sem condicionamento nenhum, mas muito motivado a voltar a treinar. Por onde começo?

– Comece por onde você se sente mais à vontade. Você prefere nadar, pedalar ou correr?

– Pedalar...

– Então faça seu treino em dois períodos, pela manhã e à tarde. À tarde, faça somente exercícios físicos, de fortalecimento muscular. Faça treinos específicos para pernas, dando atenção especial aos adutores e panturrilhas, ok?

– Ok!

– Pela manhã, você pedala, num ritmo suave, 75/3, 80/4 no máximo, sem tiros intermediários por enquanto, você precisa se recondicionar! Cuidado, porque nos primeiros vinte minutos, meia hora, você vai sentir uma certa dificuldade, uma certa fadiga muscular, o que é totalmente normal, mas não pare! Depois disso, sua produção de endorfina passa a funcionar melhor e você vai sentir mais facilidade no exercício, a fadiga acaba... aí você pedala por mais quarenta, cinquenta minutos no máximo! Faça isso durante trinta dias. Essa sensação é muito boa, é como se você viajasse, sabe?

– Sei, sei! Pode deixar comigo! Qualquer coisa eu volto a te ligar, ok?

– Ok! E não se esqueça do alongamento, antes e depois dos exercícios, à tarde e de manhã!!!

– Tchau, meu treinador!

– Até mais, meu pupilo!

Mig passou o restante do dia entusiasmadíssimo, ansioso. Fez seu treinamento da tarde, com uma série que o próprio Nelson havia passado para ele nos tempos áureos, sem muito estresse, mais para começar mesmo. À noite, depois do banho, jantou e foi dormir, com a cabeça voltada para os treinos do dia seguinte... ele nem sequer se lembrou do gamão com o Gilson, que também estava sem condições, desmaiado na cama de sua casa!

"*Estamos de volta com mais um* Uma Hora Você vai Dançar, Ah Vai!!, *o otimismo na TV! Hoje com um ingrediente a mais... a resposta de R$ 150.000,00! E aí, preparado para a resposta?*"

"*Estou!*"

– Ai, meu saco! Todo dia é isso, agora?

"Bom, então vamos lá, primeiro relembrando aos nossos telespectadores a pergunta que vale R$ 150.000,00... Quando Santos Dumont voou pela primeira vez em uma máquina mais pesada que o ar sem ajuda de elementos externos? Você sabe a resposta?"

– Que horas são?

"Sei sim!"

– Ah! É o cara idiota de ontem... Porra, mas os caras acordam cedo demais! Não podia ser umas quatro da tarde esse programa?

"Então, está com você! Um minuto e... VALENDO!"

– Qual era a pergunta mesmo? Tinha um negócio qualquer com o Santos Dumont...

"Quando Santos Dumont voou pela primeira vez em uma máquina mais pesada que o ar sem ajuda de elementos externos?"

– ... era isso! Nessa ele sambou! Valia uma grana, né?

"Faltando quarenta segundos..."

– Que cagada! Olha a cara dele...

"Trinta segundos..."

– Santos Dumont não viveu no século XIX? Começo do século XX... 1902, 1903, não foi?

"Vinte segundos para a resposta..."

– Não teve uma parada tipo 14-Bis, aquele barato esquisito pacas que ele voou? É isso, 14-Bis... Foi o 14-Bis!!!!!

"Dez segundos para o final..."

– Agora, onde, quando, que horas... isso é foda demais!

"Tempo esgotado! Por favor, a resposta!"

– Fodeu!

"Foi com o 14-Bis, em Paris, na tarde do dia 12 de novembro de 1906."

– O quê? Puta chute absurdo! Não tem vergonha?

"Valendo R$ 150.000,00..."

– Perdeu...

"... a resposta está..."

– Podia ter ficado nos R$ 100.000,00!

"Daqui a pouco você saberá..."

– Ah! Vai tomar no cu!!!

"... logo após nosso intervalo comercial. Não saia daí..."

– Já saí!

"... voltaremos já, já com Uma Hora Você vai Dançar, Ah Vai!!, *o otimismo na TV! Aguardem!"*

Mig sai da cama um pouco transtornado, vai até a cozinha preparar seu café da manhã, tenta se acalmar... prepara-se para seu primeiro treinamento na bicicleta ergométrica, um momento muito esperado!

– Não vou deixar essa porcaria de TV me atrapalhar, não hoje!

"Voltamos com Uma Hora Você vai Dançar, Ah Vai!!, *o otimismo na TV!... R$ 150.000,00... O que você acha que vai acontecer?"*

"Não sei, acho que acertei, mas..."

"Mas... sempre o mas! Você tem certeza de sua resposta?"

– Vou começar a pedalar antes que meu humor vá para o caneco!

"Tenho!"

– Vou desligar essa...

"Então lá vai... a resposta está... está..."

– Fala logo!!

"EXATA!"

– Noooooossssa!!!!

"Parabéns! Você ganhou R$ 150.000,00! Sensacional!"

Mig programou sua bicicleta para sessenta minutos, começou a pedalar no ritmo de 75/3 para chegar aos 80/4, sem tiros intermediários, como seu treinador determinou. Queria chegar logo aos primeiros vinte minutos de treino para acabar com aquela fadiga que deixava seu treino incômodo!

– O Nelson falou da endorfina ou adrenalina, sei lá... quero só ver...

Enquanto pedalava, não conseguia parar de pensar na resposta dada pelo candidato do programa de TV.

– Como ele conseguiu acertar? Como ele sabia a data certa? 12 de novembro de 1906... e ainda falou que foi de tarde... na tarde de 12 de novembro de 1906...

Nesse momento, bateram os vinte minutos de treino...

– Mig...! Mig...!! Onde se meteu aquele *malheureux?* Julian...!

– O que foi, *monsieur* Deville?

– Julian, onde está o Marcel Ivo?

– Não sei, *monsieur* Deville. Acho que ele saiu para buscar alguma coisa.

– É sempre assim! Desaparece na hora mais imprópria... mas também, *peu importe!*

– Estou aqui, *monsieur* Deville.

– Marcel Ivo Grubert, seu *inutile*, por onde você andava? Você está suado! Hum... *cette odeur horrible!* Estava correndo?

– Mais ou menos, *monsieur*. Fui de bicicleta buscar os coelhos que me pediu!

– Ah! E onde estão? Deixe-me ver meus bichinhos *adorables...*

– Estão aqui, *monsieur*!

– Aí estão vocês! *Magnifique! Véritables beautés de la cuisine française!*

Ah! O senhor Deville!! Que sujeito estranho...! Um excelente chefe de cozinha, dos mais renomados de Paris, mas que velho chato! Ave Maria...

– Mig!

– Sim, *monsieur* Deville.

– Hoje meus convidados terão a *expérience unique* de saborear o melhor *Civet de Lapin* de suas vidas! *Succès à Santos Dumont! Vive la France!*

– Acredito, *monsieur* Deville!

– Como assim, "acredito"! Eu sou Jean-Jacques Deville, *chef de cuisine* das maiores autoridades da França! Você não "acredita", não! Você tem certeza! *Certain!*

– Sim, *monsieur* Deville.

Que pessoa antipática! Parecia ter o rei na barriga... mas era competente, isso ele era mesmo! E hoje a festa é importantíssima! *Monsieur* Dumont vai dar uma recepção para comemorar seu vôo no 14-Bis sobre a Champs-Elysées, uma façanha! Todos adoram ele, que também é uma pessoa muito estranha! Talvez mais do que *monsieur* Deville.

– Mig!

– Sim, *monsieur* Deville.

– Largue isso e vá para a sala preparar as mesas, que *monsieur* Dumont quer tudo *impeccable*, ele vai receber muitas *autorités, des célébrités!*

– Sim, *monsieur* Deville.

– E lembre-se... os degraus ao lado de todas as cadeiras, *s'il vous plaît*!

– Pode deixar, *monsieur* Deville.

Para se ter uma noção do grau de estranhice de *monsieur* Dumont, o jantar será servido para doze convidados especialíssimos em mesas com dois metros de altura e cadeiras com um metro e meio de altura que terão ao lado uma pequena escada com cinco degraus para que os convidados subam até elas e possam se acomodar! Tudo isso para dar a sensação de que todos estão voando!!! E é claro... eu é que vou ter que servir o jantar sozinho!

– Mig!

– Sim, *monsieur* Deville.

– Como está tudo lá dentro?

– Tudo pronto, *monsieur* Deville.

– As mesas estão postas viradas para o norte, como pediu *monsieur* Dumont?

– Sim, *monsieur* Deville.

– *Plats, tasses, coutelleries*, tudo em ordem?

– Tudo certo, *monsieur* Deville.

– Não podemos descuidar em nada, *rien!*

– Está tudo pronto, tudo em ordem, vai dar tudo certo, se Deus quiser!

– Se Deus quiser? Se Deus quiser? *Qui pensez-vous que je suis? Un clown?*

– Não, *monsieur* Deville.

– Eu é que tenho que querer! Deus... *Aujourd'hui, je suis Dieu*!

Monsieur Deville tem um ajudante, o Julian, que trabalha para ele faz muito tempo e nunca fez nada diferente, só lavando e secando a louça, só! Nem guardar as taças e os pratos nas caixas *monsieur* Deville deixa ele fazer. Quem faz isso tudo sou eu! E, se quebrar alguma coisa, eu é que tenho que pagar!

– Julian!

– Sim, Mig?

– Como você aguenta as coisas que *monsieur* Deville fala para você?

– Ah, meu amigo, tem que ter paciência! Ele não é má pessoa, só fica *très nerveux* antes de uma recepção dessa importância! É normal!

– Bom, eu vou me preparar porque os convidados já vão chegar!

– Faça isso, Mig! Hoje a noite será longa!

– É, eu sei!

Os convidados serão recebidos na porta por Phillippe Duvivier, mordomo de *monsieur* Dumont desde que ele chegou a Paris, em 1891. O primeiro convidado a chegar é Louis Cartier, homem elegante, um joalheiro muito rico e famoso, amigo particular de *monsieur* Dumont e um de seus grandes incentivadores. Chegou acompanhado de sua namorada, a tenista inglesa Charlotte Cooper, quatro vezes campeã em Wimbledon e medalha de ouro nos Jogos Olímpicos de Paris, em 1900. Um fenômeno!

– Julian! Julian!

– Que é, Mig?!

– Dá uma olhada em quem acabou de chegar! É aquele joalheiro, amigo de *monsieur* Dumont, aquele do relógio de pulso...

– Quem?

– Olha lá, você não conhece? O Cartier...

– Eu quero saber quem é aquela mulher com ele!

– Sei lá... pelo sotaque parece que é inglesa.

– Mig! Julian! Onde estão vocês, *ses inutiles?!*

– Lá vem *monsieur* Deville, sempre achando a gente imprestável, inútil...

– Deixa pra lá, Mig. Vamos parar de bisbilhotar e voltar ao trabalho, que os convidados já estão chegando!

– Ah! Estão aí... vagabundos! *Clochards!* Os convidados chegando e nada para beber, nada para comer...

– Calma, *monsieur* Deville! Já estou indo...

– Mig! Leve os *beignets soufflés au parmesan* e os *pâtés de foies de vollailes et poivrons*, já!!!!

– Sim, *monsieur* Deville.

Enquanto coloco as bandejas com aperitivos na mesa principal no centro da sala de estar, vejo a chegada triunfal da imperatriz Eugénia de Montijo, viúva de Napoleão III. Realmente, o *monsieur* Dumont é uma pessoa muito querida e admirada, porque, para tirar a imperatriz de sua casa... ela chegou acompanhada de sua afilhada, a princesa Vitória Eugénia de Battenberg, uma jovem linda de 19 anos que adorava *monsieur* Dumont. Louis Cartier não demorou a recepcionar a Imperatriz:

– Imperatriz, é um prazer vê-la! Vossa Majestade está belíssima!

– Bondade sua, *monsieur* Cartier.

– Princesa...

– Prazer em vê-lo, *monsieur* Cartier.

– Gostaria de apresentar-lhes minha companheira, Charlotte Cooper.

– Como está, *mademoiselle* Charlotte?

– Muito bem, obrigada, Majestade...

– Uma honra conhecer tão fantástica atleta, um orgulho para nós mulheres.

– A honra é toda minha, princesa Vitória!

No meio da conversa, chega o conde d'Eu com sua esposa, a princesa Isabel, filha de d. Pedro II, último imperador do Brasil.

– Mig...! Vem cá! Psiu... Mig!

– Que é, Julian?

– Quem é essa mulher? Feia, né?

– Para com isso! É uma princesa!

– Princesa? Ave... que horror!

– Fica quieto, Julian! Deixa eu ir lá que os convidados não estão bebendo nada!

– É lógico, você não serviu nada até agora!

– *Monsieur* Deville vai ficar uma fera comigo!

Não sei por que aceitei trabalhar nessa festa. Maldita hora que fui pedir emprego pro meu amigo Maxime... Não sou *garçon*, não gosto da noite, odeio o *monsieur* Deville...

– *Madame*, servida de *champagne?*

– Grata, não agora!

– *Monsieur*...

– Eu aceito...

... fico aqui, rodando nessa sala que nem peão, servindo autoridades, celebridades, pessoas de estirpe invejável, princesas, empresários, barões... eu tinha que reverter isso para mim de alguma forma!

– Mig...! Miiiiiig!!!!!

Ai, meu Deus, que vergonha!

– Mig, *imbécile!*

– Pois não, *monsieur!*

– Que "pois não", o quê! Não fique aí olhando para mim com essa cara... leve o Dubonnet e sirva nessas taças aperitivo junto com os *Coquilles Saint-Jacques*, agora!

– Sim, *monsieur* Deville!

O que será esse Dubonnet? Eu não faço a menor ideia do que seja isso! Deixa eu ver aqui... hum... não, isso não... é... também não... esse! Esse tem cara de Dubonnet! É pra servir junto com o que mesmo?

– Ora, ora, vejam só! Meu querido barão Edmond de Rothschild!

– Conde... Princesa... é um prazer vê-los depois de tudo o que aconteceu!

– São as forças da República, nobre barão!

– Sim, mas o que eles fizeram com vocês foi uma vergonha! Vocês ajudaram a erguer aquele país. Primeiro você, meu amigo conde, que bravamente lutou e venceu a guerra contra os paraguaios, honrando o povo e a bandeira do país que escolheu para viver! E Vossa Alteza, com sua nobreza de espírito, deu a liberdade a seu povo, aca-

bando de vez com aquela desumanidade! Tão ilustres e ao mesmo tempo renegados! Os brasileiros são uns ingratos!

É a vida, caro barão! Mas não me diga que este é Jacob?

– *Monsieur...* Alteza...

– Sim, é o meu caçula, de volta depois de uma temporada em Cambridge.

– Como você cresceu... Lembra-se dele, querida?

– Muito! Desde a época no Lycée Louis-le-Grand... um garoto muito especial!

– Bondade sua, alteza.

– Nenhuma bondade, somente a realidade. Meu pai foi à recepção oferecida por seu pai em sua casa em Boulogne--Billancourt para comemorar sua volta. Ele ficou muito impressionado com sua simpatia, inteligência e tino para os negócios!

– Teve a quem puxar... estou certo, nobre barão?

– Ele é um verdadeiro Rothschild, caro conde!

Olha só, o barão de Rothschild... E aquele deve ser o filho dele! Não acredito! Noooossa... essa festa tá demais!!! Deixa eu chegar perto...

– Com licença, servido de Dubonnet, *monsieur* conde?

– Sim, sim! Isso é Dubonnet mesmo?

– Olha... é pra ser!

– Alteza?

– Não, obrigada! O que você tem nessa bandeja?

– *Coquilles Saint-Jacques, Altesse.*

– Perdão?

– *Coquilles Saint-Jacques.*

– *Coquilles Saint-Jacques?*

– Sim, alteza!

– Mas que *Coquilles Saint-Jacques* mais estranhas...!

– Pois é... vai?

Confesso que estou um pouco sem paciência. Aliás, já estava sem paciência quando acordei hoje pela manhã, já prevendo um dia cansativo e não muito promissor! Mas, fazer o quê...

– Servido, barão?

– Agora não, obrigado.

– *Monsieur?*

– É... acho que vou arriscar esse Dubonnet...

O que eles têm contra o meu Dubonnet? Tá aqui escrito, D-U-B-O... ai!

– Julian! Vem aqui, rápido!

– Que é?

– Lê pra mim o que está escrito nesse rótulo...

– *Antésite.*

– O que é isso?

– Diz aqui que é um concentrado de alcaçuz.

– Concentrado de quê?

– Miiig!

– Ai, meu Deus! Já vou, *monsieur* Deville... não saia daí, Julian!

– Mig, *son malade!*

– Estou aqui, *monsieur* Deville.

– Já serviu o Dubonnet com os *Coquilles Saint-Jacques?*

– Já!

– O que eles acharam?

– Putz... A-D-O-R-A-R-A-M!

– Vai ser uma *inoubliable nuit!*

– Ah... isso vai! Com licença, *monsieur*... Julian!

– Que foi?

– Prova isso aqui...

– Argh! Tá frio, murcho, quem te deu isso?

– *Monsieur* Deville pediu para eu servir isso junto com o Dubonnet.

– Você está servindo concentrado de alcaçuz com torta de alho-poró fria e murcha?

– Não brinca, estou?

– Está!

– Miiig!

– Já vou... E agora, o que é que eu faço?

– Nada. Só pare de servir essa coisa horrorosa!

– Miiig! Onde você está, *inutile?*

– Bem aqui, *monsieur!*

– Pegue na adega algumas garrafas de *meursault* e sirva em tulipas para acompanhar os *beignets* e os *pâtés* que estão na mesa.

– Sim, *monsieur* Deville.

– E leve também alguns *biscuits*...

– E agora, Julian?

– Pode deixar que eu dou um jeito nisso, mas preste mais atenção e, qualquer coisa, me avisa!

– Tá certo!

Quando eu volto para a sala com as garrafas de vinho *meursault*, vejo o cartunista George Goursat acompanhado de Irma de Montigny, uma cortesã que conheci um dia no Maxim's do meu amigo Maxime Gaillard, conversando com a princesa Vitória e com Charlotte. Inacreditável! George Goursat... sempre fui fã dos desenhos dele, muito engraçados... nessa festa com a Irma? Estranho!

– George, comprei duas de suas obras recentes, *Pour la Liberté du Monde* e *Groupe Parisien Notables*. Sua arte é sensacional!

– Muito simpática, *mademoiselle* Charlotte!

– Tenho ótimas referências suas, *monsieur* George. Já estive em diversos restaurantes onde pude apreciar sua arte exposta nas paredes. Realmente, o senhor faz caricaturas muito originais!

– Muita bondade sua, alteza!

– Com licença, alteza, servida de *meursault?*

– Obrigada!

– *Monsieur* Goursat...?

– Vou acompanhar Vossa Alteza.

– Muito gentil...

– Diga-me, Charlotte, como está o tênis, muitos jogos?

– Ai, George...! Estou voltando agora, depois da derrota para Dorothea Douglass na final de Wimbledon no ano passado. Foi muito desgastante para mim.

– *Mademoiselle*, está servida?

– Não, *merci!*

– Nada comparado àquela final de 1902 com Muriel Robb, com 56 *games*!

– É verdade... e eu perdi aquela também!

– Infeliz coincidência, *mademoiselle!*

– Mas você não pensa em parar, pensa?

– De jeito nenhum, alteza. Ainda quero vencer Wimbledon mais uma vez!

– Charlotte é muito aplicada, treina bastante, muito determinada!

– Isso é muito importante para o sucesso, *monsieur* Cartier. Em qualquer área. E ainda mais para nós mulheres, sempre tendo que provar nossa capacidade.

– Mig! Ei, Mig!

– Peraí!

– Vem cá...

– Espera! Ô, gente apressada!

– O *monsieur* Deville falou que só está esperando chegarem os últimos convidados para abrir a sala de jantar.

– Quem falta?

– Acho que o *monsieur* Eiffel. Não falta mais, olha lá... acabou de chegar! Vai lá, vai lá...

– Tá, tá...!

Gustave Eiffel chegou em uma enorme carruagem branca acompanhado de sua esposa, Marie Gaudelet. Chegou e foi logo ao encontro da imperatriz:

– Caríssima Eugénia...

– Gustave, há quanto tempo! Marie, que prazer vê-la!

– Majestade!

– Se não me engano, nosso último encontro foi em Nova York, na festa de inauguração da Estátua da Liberdade, estou certa?

– Exatamente, majestade! Aliás, fez vinte anos mês passado!

– Como o tempo passa, não?

– Me conte, como está passando?

– Ah, Gustave! Estou reclusa, quase não saio mais... minha tristeza ainda é muito grande após a morte de meu filho Eugénio Luís.

– Realmente foi uma tragédia, majestade! Uma tragédia!

– Então... estou em Sevilha no Palácio de Dueñas, esperando a morte chegar...

– Não fale assim, majestade! Ainda há muito por fazer, muito a viver!

– Não, meu querido. Meu marido e meu filho eram minha vida. Agora só me restam palácios, obras de arte, joias, bens materiais que não trazem vida alguma!

Dá pra mim então que eu faço o milagre da multiplicação da vida com isso! É só ter riqueza que fica triste, desiludida, reclusa... queria ver se tivesse que trabalhar pra viver, se ia ficar com essa banca toda!

– *Bonsoir, mes cher amis!*

– Oh! Alberto, que elegância!

– Uma honra tê-la em minha humilde casa, alteza!

– O "Homem Voador"!

– Muito gentil, barão!

– Só você, meu querido e aventureiro amigo... só você para me fazer viajar a Paris!

– Majestade! Seu interesse em tecnologia é contagiante e sua beleza e simpatia são avassaladoras!

– Meu amigo!

– Louis, Louis! Olha aqui no meu pulso... este eu não largo mais!

– Fico feliz. Fiz esse relógio para você mesmo!

– Eu sei! Eu sei!

– Alberto Santos Dumont, o dono dos céus!

– Não brinque com isso, George! Eu não sou dono de nada!

– Como não? Seu feito hoje é um marco na história mundial! O homem que pode voar!

– Eu não voei... quem voou foi o 14-Bis, eu só ajudei!

– Não seja modesto, *monsieur* Dumont. Seu feito, além de heroico, mostra sua perseverança, seu talento, sua fantástica visão de futuro...

– Querido conde! Sua amizade é meu patrimônio! Querida princesa, prazer em vê-la!

– Alberto, você mais uma vez honrou o povo brasileiro e seu país!

– Nenhuma glória se conquista sozinho, alteza. Muito de meu êxito devo a meus fiéis funcionários, meus mecânicos...

– Mig! Psiu... Mig!

– Fala, Julian!

– E aí? Como é que está a festa lá dentro?

– Tá legal! *Monsieur* Dumont acabou de descer, muito elegante... está atendendo um por um seus convidados ilustres!

– Ai, como eu queria ter só um pouquinho do prestígio desse homem!

– Pra quê? O que é que você ia fazer com isso?

– Ia poder abraçar a princesa, a imperatriz, tomar *champagne*, comer do bom e do melhor...

– É, mas você não tem! O máximo que você vai abraçar é aquele seu gato pulguento cheio de sarna!

– Você é um desmancha-prazeres!

– Phillippe!

– *Oui, monsieur* Dumont.

– Podemos nos dirigir à sala de jantar?

– *Certainement, monsieur! S'il vous plaît*, queiram me acompanhar...

Eu preparei a sala com todos os requintes para uma noite de gala. O charme do jantar estava no cardápio, nos convidados e, principalmente, nas mesas e cadeiras. *Mon-*

sieur Dumont havia pedido para contratar um quarteto de cordas somente para ambientar o jantar com sonatas de Mozart e Bach, o que Phillippe providenciou prontamente! Aliás, Phillippe é uma pessoa muito polida, prestativa, inteligente, fala quatro idiomas, muito elegante e de fino trato. *Monsieur* Dumont confia muito nele! A ideia de se colocar mesas e cadeiras mais altas para se ter a impressão de vôo foi do próprio *monsieur* Dumont, que é muito simpático, alegre, determinado e coisa e tal, mas um pouco esquisito! Quando as pessoas entraram na sala de jantar, o espanto foi geral!

– Alberto, você é louco?

– Louis, meu amigo. Quem não é?

– Como faremos para subir nas cadeiras?

– Não se preocupe, alteza. Todas as cadeiras possuem uma pequena escada lateral para facilitar o acesso. Podem subir a vontade e sem medo!

– Que jantar inusitado!

– Como minha vida, conde. Minha vida é inusitada!

– Mas, como é que eu faço?

– É só subir por aqui, majestade. Apoie-se em mim, suba tranquilamente e sente-se confortavelmente na cadeira.

– Em que altura comeremos, *monsieur* Dumont?

– Dois metros, *mademoiselle* Charlotte.

– Isso é maravilhoso!

– Hoje, todos nós voaremos um pouco durante nosso jantar!

– Que sensação interessante!

– É mais ou menos assim que me sinto quando levanto voo, alteza.

– Daqui de cima é tudo tão diferente!

– É isso que me fascina na aviação, majestade, o diferente! A sensação de liberdade, uma incrível leveza, uma paz enorme...

– A gente tem a sensação de que vai cair a qualquer momento!

– É um gosto pelo perigo, barão. A dúvida, o sentido de aventura...

– O que você busca na realidade, *monsieur* Dumont?

– Não sei ao certo, conde. Acho que a liberdade, o sonho de ver as pessoas atingindo seus objetivos, juntando um pouco mais o mundo, fazendo com que os povos se encontrem, se conheçam, se confraternizem...

– Como disse certa vez Augusto Comte, você é um altruísta, *monsieur* Dumont!

– Pois é, George. É de minha personalidade, eu sou assim!

– Cuidado, caro Dumont! Cuidado... os altruístas nem sempre encontram o paraíso!

– Sei disso, caro amigo. Porém, quero acreditar que meus feitos servirão para a criação de um mundo melhor, sem guerras, sem discórdias... quero crer que, num futuro muito próximo, teremos condições de nos deslocar pelos quatro cantos do mundo com a facilidade e a segurança que almejamos. Todos terão esse direito!

– Você é um sonhador... um incorrigível sonhador!

– Alteza, os sonhadores são como pássaros, voam ao sabor dos ventos!

– *Un toast à Santos Dumont! Le père de l'aviation!*

– Viva!

Agora animou! *Monsieur* Dumont tem mesmo muito carisma! É incrível o seu prestígio! Hoje aqui estão presentes as mais altas figuras da sociedade francesa, convidados ilustríssimos! Muito legal! Acho que vou me dar bem nessa festa! Vou aproveitar o momento e brindar só um champanhezinho aqui, escondidinho... Viva Santos Dumont!!!!! Ai... que delícia! Ôpa... que estranho... peraí...!

Pipipi... pipipi... pipipi... pipipi...

– Puta merda... Nossa Senhora... Que coisa maluca...!

A bicicleta apitou nos sessenta minutos de treino. Mig estava exausto, não conseguia nem pensar direito. Só sentia uma sede tremenda! Pegou a garrafinha de água e, num gole só, acabou com ela! Pegou a toalha que estava em seu pescoço, apoiou os cotovelos no guidão da bicicleta e se enxugou encobrindo o rosto molhado... Era inacreditável o que sentia, uma estranha sensação, uma mistura de exaustão extrema com prazer, de desgaste físico com alívio...

– Nossa Senhora do céu! O que é isso? Que doideira, cara! Que viagem...

Mig desce da bicicleta ergométrica cambaleando, ainda sem fôlego, suado. Suas mãos tremem, ele não tem muita firmeza nas pernas, se encosta na porta do armário.

– Cara, que louco! Foi muito real! Eu estava lá... certeza absoluta... eu estava lá! Eu falei com a princesa Isabel...! Eu não acredito!

Mig vai ao banheiro, se debruça na pia, abre a torneira e deixa a água cair sobre sua cabeça...

– Eles me chamavam de que mesmo? Marcel Ivo? Puta merda, Marcel...

Mig volta para o quarto, pega seu telefone...

– Eu preciso ligar pro Gilson... ele não vai acreditar! Cara, que piração total...!

... e liga para Gilson, que continuava dormindo desde ontem à tarde...

– Meu, vem pra cá. Preciso te contar um negócio muito louco, cara!

– Quem é?

– Como quem é? Você estava dormindo?

– Que horas são?

– Não interessa, vem pra cá! Você dormiu direto desde ontem?

– Ah, não enche o saco... Fala aí, o que foi?

– Não dá pra contar por telefone...

– Fala, caralho!

– Vem pra cá, porra!

– Tá bom, tô indo... me dá uns quinze minutos!

Mig faz seu alongamento e vai tomar um banho para tentar se recompor. É inútil...

– Aconteceu o que o Nelson falou, aquela coisa de adrenalina, endorfina, sei lá o que era! Rolou mesmo! A gente dá uma viajada legal! Preciso ligar pra ele pra contar. Meu... eu vi o Cartier, imagina! O cara lá, na minha frente... conversando com uma tenista medalha de ouro nas Olimpíadas de 1900! Bicho... inacreditável! Olimpíadas de 1900!

Mig vai arrumar a cozinha enquanto espera impacientemente a chegada de Gilson, que não demora muito.

– Gilson, cara... você não vai acreditar!

– No quê, Mig?

– Bicho, lembra ontem, quando você chegou da festa de manhã, passou aqui, a gente meio que combinou um gamão pra de noite...

– Desculpa, Mig! Eu estava num fogo... fui pra casa, tomei um banho e dormi muito, mas muuuito! Para você ter uma ideia, quando você me ligou hoje, eu ainda estava dormindo e acordei e vi que ainda estava de fogo!

– Não, não! Não é nada disso! Então, lembra que você falou que era pra eu me alegrar, que eu estava muito pra baixo, coisa e tal?

– E eu acho mesmo! Você está devagar demais!

– Pois é... eu pensei bem e resolvi me agitar! Naquele mesmo instante, liguei para o Nelson, lembra dele?

– Lógico, o treinador...

– Então... conversamos muito, ele ficou bem preocupado comigo, achou que eu deveria mesmo retomar meus treinamentos, que nunca deveria ter parado, e falou para eu começar pedalando, fazendo uns exercícios físicos leves...

E Mig foi contando tudo o que tinha acontecido naquele dia, desde o telefonema até a manhã de hoje... Gilson estava com um ar de apreensão, como se não acreditasse muito na história que estava ouvindo.

– Você está me dizendo que começou a pedalar hoje e, depois de vinte minutos, deu uma viajada e foi parar em 1906, na casa de Santos Dumont em Paris?

– É!

– Cara, você pirou mesmo! Mas pirou legal!

– Não pirei não! Aconteceu mesmo! Foi a endorfina, ou adrenalina, sei lá! Eu sei que vivi aquele momento com uma realidade espantosa. Era real! De verdade!

– Mig, você está muito parado, essa vagabundagem generalizada está te fazendo muito mal!

– Eu preciso fazer você acreditar em mim. E eles me chamavam de Mig... até meu nome era igual! Quer dizer, não era bem igual, porque eles me chamavam de Marcel Ivo Grubert, mas o apelido era Mig, cara! Como faço pra você acreditar, Gilson? Eu não sou nem estou louco!

– Você não é louco, mas acho que você está perturbado, sem afazeres, parado demais, isso realmente é ruim para a pessoa. Está provado, Mig. Quem não se exercita fica doente! E você está doente!

– Não estou, Gilson! Não estou! Você acredita que eu pedalei por uma hora hoje?

– Acredito!

– Você acredita que existe endorfina, ou adrenalina...

– É endorfina, Mig!

– Então... endorfina... você acredita?

– Acredito!

– É provado também que a endorfina causa sensação de euforia, de bem-estar, você sabe, né?

– Sei! Mig, eu sei de tudo isso que você está falando... só acho que endorfina não faz um cara voltar para 1906, nem entrar na casa do Santos Dumont, nem ir para Paris, nem falar com mortos...

– Mas eles estavam vivos!

– Para com isso, Mig! Para com essa coisa, cara! Você deu uma viajada e agora está ansioso demais, falando um monte de merda... para!

– Não é merda! Não é merda...

– Mig, vamos fazer uma coisa. Sai um pouco... olha, vamos visitar o Nelson, que tal? A gente sai, se distrai, conversa...

– Boa ideia! O Nelson vai te convencer!

– Vai sim... ô se vai!

Mig e Gilson saem a pé caminhando até a casa de Nelson. Passam por dentro do parque municipal, contornam o centro da cidade, param para tomar um sorvete na praça... e Gilson tenta fazer com que Mig se esqueça daquela loucura toda.

– Agora que você voltou a pedalar, está fazendo um pouco de exercício físico, você podia voltar a estudar também, né? Lembro que você sempre gostou de história, principalmente de história antiga, Grécia, Egito...

– É verdade! Acho que isso ia me fazer muito bem!

– Com certeza. Ainda mais se você se dedicasse, assistisse aulas...

– Como assim, entrar numa faculdade?

É, por que não? Uma preparação básica, pra lembrar os principais tópicos, uma boa lida em apostilas, faz um mês de cursinho ou algo parecido... entrou!

– Não! Sem chance!

– Por quê?

– Não tenho mais idade pra isso, cara! Nem tempo...

– Porra, Mig! Tempo é que não te falta, né? E idade... tem tanta gente fazendo faculdade depois de velho! Se bobear, você vai ser um dos mais novos!

– Pode ser... dá trabalho, mas pode ser que role!

– Eu acho legal, anima, faz você sair de casa, ajuda até nos exercícios!

– Vamos ver!

Eles chegam à casa de Nelson, que os recebe com festa...

– Fala, meu camarada! Que prazer ver você!

– Como vai, Nelson? Lembra do Gilson?

– Lógico que me lembro! Ele chegou a treinar um tempo com a gente, não foi?

– Pouco tempo, mas chegou, sim! Acho que foi na época do mundial...

– É isso mesmo, treinei com vocês por umas duas ou três semanas, até a...

– Até aquela vagabunda da Clara me derrubar!

– Pois é...

– Mas diga aí... como foi seu primeiro dia de treino?

– Nelson do céu! Que loucura!

– O que houve?

– Aquele negócio de adrenalina...

– É endorfina, Mig!

– ... isso aí! Muito louco, cara!

– Não te falei que depois de uns vinte, trinta minutos ela ia aparecer?

– E apareceu!

– E não ficou mais fácil?

– Pra dizer a verdade, eu nem percebi...

– Não é que parece que a gente dá uma viajada?

– Pois é, Nelson... é sobre isso que viemos conversar!

Gilson pegou Mig e entrou na casa de Nelson. Sentaram-se os dois no sofá e Nelson sentou-se mais afastado um pouco, na cadeira da mesa de jantar. E Gilson contou-lhe o que Mig havia relatado poucos minutos atrás.

– Olha... eu já ouvi de tudo, mas isso aí é doideira braba!

– Não é, Nelson! Aconteceu mesmo!

– Mas isso é impossível, Mig!

– Mas aconteceu, Gilson!

– Puta que pariu... que cara teimoso!

– Pra não dizer que isso é impossível, tem um cientista da Universidade de Stanford chamado Avram Goldstein que relatou experiências onde ele descobriu uma endorfina muito potente, a beta-endorfina, muito parecida com a morfina. Ele diz nesse estudo que a beta-endorfina vicia tanto quanto a morfina!

– Tô falando, cara!

– Tá falando o quê, Mig? Tá falando nada! Como é que um cara pedala meia hora e vai parar em Paris no século passado, conversando com a princesa Isabel? Isso é beta-edredon, sabe? O cara fica dormindo o dia inteiro, morgado pra caralho... conversa até com a Dona Benta do Sítio do Pica-Pau Amarelo!

– Não é impossível, não!

– Porra... agora tem dois malucos aqui!

– Gilson, eu não estou maluco! Muito menos o Nelson! E tem o cientista...

– São três, então!

– Olha, Gilson... devemos esperar mais um pouco para dizer que o Mig está delirando ou precisando de algum acompanhamento especial. Ele pode estar dizendo a verdade!

– Isso é loucura, senhores! Pensem um pouquinho só.

– Cada organismo reage de forma diferente aos efeitos de uma droga, apesar da endorfina não ser uma droga e sim um neurotransmissor, mas age como se fosse.

– E o Mig está agindo como se fosse um débil mental!

– Gilson, vamos esperar. Vamos deixar o Mig fazer mais um pouco seus exercícios. Vai ver que, por ele ter ficado muito tempo parado, a endorfina causou um efeito maior do que o normal, mas nada que comprometa seu rendimento nem sua sanidade.

– É, Gilson! Vou fazer meus exercícios físicos hoje à tarde, me preparar para amanhã e vou pedalar igual a hoje, nos mesmos moldes de tempo, de peso, de tudo. Vamos ver o que acontece!

– Ai, ai, ai! Isso vai dar uma caca!

– Não vai dar nada, bobão! Fica relax!

Os dois saem da casa do Nelson, Mig eufórico com a certeza de que não estava louco e Gilson embasbacado com a história e com a situação que começava a viver. Passam o resto do dia cada um pensando com seus botões. Gilson senta-se a frente de seu computador e começa a pesquisar sobre a tal festa que Mig falou que foi na casa de Santos Dumont.

– Que loucura é essa? Eu aqui, pesquisando sobre essa bobagem que ele me contou... mas é irresistível! Eu tenho que saber se é verdade ou não!

Já Mig voltou para casa, almoçou tranquilamente, descansou um pouco e começou seus treinamentos do período, tudo conforme Nelson havia lhe passado. No final da tarde, depois do treino, Mig tomou um banho e, quando ia começar a preparar seu jantar, o telefone tocou...

– Mig!

– Fala, Gilson...

– Mig, acabei meu invento!

– Qual é a novidade desta vez?!

Gilson, além de cavalos, adorava consertar e inventar coisas. Consertava desde aparelhos de som, TVs e radinhos até alguns aparelhos mais antigos, gramofones, gravadores de rolo, caixinhas de música... fabricava brinquedos com sucata, construía carros, motos e aviões em miniatura e inventava de tudo, aparelhos multifunções tipo torradeira-cortador de unhas-aparador de grama ou secador de cabelo-lavalouças-controle remoto, coisas completamente inúteis!

– Não posso falar...

– Por quê?

– É um presente pra você!

– Pra mim?

– Vou até aí te levar e aproveito para conversarmos um pouco...

– Sobre o quê?

– ... eu estava aqui pensando, pesquisando na internet...

– Não acredito que você foi fuçar a vida de Santos Dumont?

– Pois é...

– Então você...

– Não, Mig! Não acredito em nada do que você me contou, só sou curioso...

– Curiosidade mata, sabia? Mas, mesmo assim, pode vir...

– Você já jantou?

– Ia começar a fazer alguma coisa agora!

– Então espera eu chegar pra fazer... eu tô indo!

Mig não era nenhum *chef* internacional, mas sabia fazer algumas receitas. Apertava e lá ia Mig, enfrentando a cozinha para desbravar novas experiências culinárias! Dentre suas "aptidões", destacava-se a lasanha Jones! Era simples, mas tinha dois segredinhos: um era a massa, que ele mesmo fazia (receitas de vovó) e o outro era o recheio, com lascas de queijo *gouda*, molho branco com gorgonzola, noz--moscada e uma leve camada de carne seca desfiada. SENSACIONAL! Desde os tempos em que eles treinavam juntos, na hora do rango quem se habilitava era sempre o Mig, com sua lasanha famosa, às vezes um risoto de sobras...

Bom... voltando ao tema, Gilson chegou rapidamente e apresentou sua invenção...

– Tcharammm!

– Que porra é essa, Gilson?

– Uma máquina hidráulica para fazer massa de lasanha!

– Pra mim?

– Não! Pro Fantomas...! Lógico que é pra você! Sua famosa lasanha Jones nunca mais será a mesma!

– E por que "hidráulica"?

– Porque, além de fazer massa de lasanha, também serve para funcionar como uma banheira de hidromassagem! Tá vendo aqui... é 110 ou 220V e aqui você conecta a mangueira...!

– E qual a utilidade prática de um negócio enorme e pesado como esse?

– Fazer massa de lasanha! Mas...

– Mas?

– ... se você estiver estressado, precisando relaxar...

– Liga a estrovenga na banheira e toma um banho animal!

– Você zomba de minhas ideias, acha mirabolantes, mas todas funcionam... eu acho!

– Acredito que funcionem, mas a praticidade disso é zero, concorda?

– Não! Um dia você vai fazer sua lasanha Jones com essa máquina tomando um banho relaxante na banheira.

– Sem chance!

– Tenta, por que não?

– Não tenho banheira, Gilson!

Mesmo achando aquilo um presente de grego, Mig aceita e propõe-se a fazer a massa de sua lasanha Jones utilizando a invenção de Gilson. Enquanto fazia...

– Diga lá, Mig... como foi seu treinamento hoje de tarde?

– Normal!

– Não sentiu nada de diferente...

– Nada! Tranquilo.

– E o papo com o Nelson hoje de manhã, não te afetou, você ficou numa boa?

– Fiquei... qual é o problema, Gilson?

– Nenhum... só estou perguntando! Andei pesquisando sobre a sua história maluca...

– E...

– ... e ela não é tão maluca assim!

– Tô falando!

– Realmente a festa aconteceu, porém não tem como saber se aconteceu da forma como você descreveu.

– Pois é...

– Aí, pesquisei sobre os efeitos da beta-endorfina...

– E...

– ... e ela pode causar leves alucinações.

– Leves?

– É, Mig! Sua experiência sobrenatural é totalmente explicável cientificamente! A dose de beta-endorfina lançada no seu organismo pelo hipotálamo causa esse torpor. Você pode estar sendo vítima de uma *overdose* desse neurotransmissor. Daí...

– Daí o quê? Daí estou tendo alucinações em pleno treinamento? Quer dizer que eu pedalo e, vinte minutos depois, começo a alucinar! Vejo coisas, falo com mortos, viajo no tempo...

– É isso aí!

Nesse momento, Mig estava passando a massa na máquina quando ouviu um barulho estranho seguido de um cheiro de queimado... a máquina começou a pegar fogo!

– Ai, caralho! Puta que pariu!

– Que cagada, Mig!

– Porra, Gilson! Puta máquina de merda... ai, minha mão, caralho... queimei minha mão!

– Peraí que eu tenho uma pomada, tá no carro... vai esfregando a mão no cabelo...

– Invenção filha da puta!

– Esfrega a mão no cabelo que alivia...

– Vou esfregar a mão no seu rabo, veado do caralho!

Gilson trouxe uma pomada de arnica milagrosa e deu para Mig, que a essa altura já estava com o braço enrolado no cabelo.

– Puta merda, como arde essa porra!

– Apaga esse fogo, Mig!

– Eu? Apaga você! A brilhante invenção é sua, se vira!

Gilson pega um pano de prato e abafa o fogo da máquina. A massa da lasanha virou uma bola preta...

– Mig, meu amigo, essa lasanha tá mais pra Grace Jones!

– Acho que fodeu, hein, Gilson!

– Deixa pra lá... dá uma lavada na mão e passa essa pomada que daqui a pouco para de arder! E aproveita e passa uma água nesse cabelo que tá cheio de farinha, parece caspa!

O chão da cozinha, então, ficou uma beleza! Era caco de massa e resto de molho pra todo lado... e o Mig ainda fez questão de pisar e sair andando pela casa espalhando aquele misto de maisena com gorgonzola...

– Você não desiste mesmo dessas coisas, né, Gilson?

– Eu gosto, fazer o quê?

– Podia pelo menos testar antes de sair presenteando...

– Mas eu testei!

– Testou como, Gilson?

– Tá certo que não tinha massa de lasanha, mas testei com massinha de modelar e funcionou direitinho!

– Massinha de modelar?

– É... eu tinha uns restos misturados...

Gilson era fã de Leonardo da Vinci, achava que seria um grande inventor, que conseguiria um lugar na história, mas, na realidade, suas invenções eram um lixo, sem a menor utilidade e nenhuma confiabilidade! Enquanto davam uma geral na cozinha, Gilson foi elocubrando sobre a vida de seu "herói"...

– Nossa, cara, como será que era a casa do Leonardo da Vinci?

– Ah, Gilson! Não faço a menor ideia.

– Já pensou... ele tinha estudos sobre tanta coisa... tanque de guerra, calculadora...

– Calculadora? Leonardo da Vinci inventou a calculadora?

– Não como ela é hoje, mas o começo, a ideia inicial foi dele! Fora estudos sobre casco de navio, placa tectônica, helicóptero, energia solar...

– A casa dele devia ser uma zona total!

– Será? Um cara como ele devia ter uma disciplina, uma organização!

– Mas ele não era pintor?

– Também! Pintor, escultor, inventor, arquiteto, anatomista, matemático, engenheiro, cientista, botânico, poeta, músico...

– Argentino...

– Que argentino, Mig?

– Tô brincando...

– Ele nasceu em Florença, no auge do Renascimento! Mil quatrocentos e cinquenta e poucos...

– Bom, Gilson, o papo tá ótimo, mas acho que nosso jantar melou...

– É, mas tudo bem! Outros virão... você está melhor?

– Tô bacana...

– Acho que vou pra casa...

– Eu também preciso descansar.

– Põe uma bandagem na sua mão só pra proteger, apesar que não é bom cobrir, mas, como acho que nem vai dar bolha, não tem problema.

– Amanhã cedo pego firme nos treinos!

– Vai viajar pra onde?

– Vai se foder, Gilson! Não enche o saco!

Mig deita na cama, liga um pouco a TV e finalmente consegue dormir. Estava tão cansado que nem se deu conta que estava passando o filme “A Traqueotomia de Júlia”, um clássico do cinema javanês. Na manhã seguinte, ao acordar, a TV continua ligada num programa de notícias sensacionalista chamado “Noooooossa!”, uma bosta! Ele desliga e percebe que já não sente mais aquele ardor na mão da noite anterior.

– Pomadinha milagrosa essa! Mas acho que o que ajudou mesmo foi aquela esfregadinha no cabelo...

Vai até a cozinha, que, mesmo com a geral, continuava uma imundice e ainda com um leve cheiro de queimado, prepara seu café da manhã, depois põe sua roupa de ginástica, pega sua garrafa de água, sua toalha, sobe em sua bicicleta ergométrica e começa seu treino matinal! Enquanto pedala, Mig tira a bandagem da mão e lembra do jantar abortado pelo acidente doméstico da noite anterior, pensa na zona que a cozinha tinha ficado, do trabalho que ia dar arrumar aquilo tudo, das coisas que Gilson falou...

– Deve ser legal inventar alguma coisa... e ser lembrado eternamente por isso, ficar famoso... será que o Leonardo da Vinci não inventou nenhuma máquina de lavar cozinha?

Nesse momento, bateram os vinte minutos de treino.

– Mighiberti, atrasado de novo?

– Perdão, senhor Leonardo! Tive que ir ao mercado, minha mãe está doente, não pode sair de casa.

– Vamos, ponha seu avental e comece a trabalhar. Temos muita coisa a fazer!

– Sim, senhor! Notícias do duque Sforza?

– Ele veio aqui, agradeceu a obra, disse que ficou magnífica!

– E pagou?

– Lógico! E pediu mais duas obras, uma escultura e um retrato de uma mulher.

– Que mulher?

– Sei lá... tenho que arrumar uma modelo. Me passe aqueles pincéis, por favor, Mig!

– Sim, senhor! Por que o senhor não chama a esposa do senhor Giocondo?

– Quem, a Lisa?

– É! Ela fica largada o dia inteiro, não tem nada pra fazer, talvez ela tope.

– Pode ser, mas o Francesco não vai permitir nunca!

– Não custa tentar...

– Você não faria isso pra mim, Mig?

– O quê?

– Veja com ela se ela topa servir de modelo para minha pintura.

– Mas o que vou dizer, senhor?

– Diga que é um trabalho, que eu vou pagar, mas que ela vai ter que ficar a minha disposição por um tempo.

– Quanto tempo?

– Uns três meses.

– Três meses?

– É, ora! Diga uns dois então...

– E quantas vezes por semana?

– Todos os dias!

– Todos os dias, senhor?

– Tá... nos dias de semana!

– E quantas horas por dia?

– Nas manhãs...

– E se ela não topar?

– Vai lá, Mig... pergunta pra ela!

– Tá bom!

Ela não vai topar, ninguém vai topar um negócio desses! Três meses, todos os dias de manhã, vai ser difícil arrumar uma modelo...

– Ô de casa!

– Pois não.

– Senhora Gioconda?

– Sim...

– Venho a pedido do senhor da Vinci.

– O que ele quer?

– Quer convidar a senhora a servir de modelo para ele em sua próxima obra.

– Servir de quê?

– Ele quer que a senhora seja a modelo de sua próxima pintura, um retrato encomendado pelo duque Ludovico Sforza.

– Ai, não sei... preciso falar com meu marido.

– Pois então fale, voltarei amanhã para saber se a senhora poderá ou não.

– Tem um cachezinho?

– Tem!

– Quanto tempo?

– Uns dois meses...

– Dois meses?

– Todos os dias de manhã.

– Sem folga?

– Só nos finais de semana...

– Quanto ele vai pagar, um milhão?

– Isso a senhora tem que combinar com ele...

– Vou pensar...

Puta mulher chata, esnobe! Ela é bonitinha, mas nenhuma beleza universal! Tá numa pindaíba de dar dó e fica fazendo doce...!

– Senhor Leonardo, acho que ela não vai topar não!

– Falou com ela?

– Falei, mas ela é muito empinada...

– Deixa ela pensar, amanhã a gente vê. Ponha aquela tela aqui pra mim, por favor, Mig.

– Aqui nesse cavalete?

– É. Agora pegue aquelas tintas...

– O que o senhor vai fazer?

– Vou preparar tudo para amanhã, pode ter certeza... ela vai topar!

Vejo o senhor Leonardo trabalhando, ele não para! E o duque não dá trégua pra ele! Ficou três anos pintando a *Última Ceia* na parede do Convento de Santa Maria a pedido do duque, ao mesmo tempo em que trabalhava num estudo para a contrução de um negócio estranho demais, que ele diz ser baseado no voo da libélula e outro estudo para aumentar a flutuação de navios. Isso fora as plantas que ele cultivava num jardim atrás da casa. Agora ele recebeu mais algumas encomendas e está trabalhando arduamente na construção de um sistema de captação de energia do sol... ele fala que é um desperdício aquele calor todo jogado fora... é maluco total! Fica em cima do telhado horas, olhando para o sol com placas, pedaços de metal, canos, fios... Mas parece que esse retrato está animando mesmo o senhor Leonardo. Acho que o duque vai pagar muito bem por ele.

– Senhor, posso guardar esses livros?

– Tira a mão disso...

– Opa! Já tirei, já tirei...

– Esses livros são uma obra-prima...

– *De Architectura*...

– Marco Vitrúvio Polião, um gênio!

– Quanto livro...

– São dez!

– Quem era ele?

– Um engenheiro e arquiteto romano do século I a.C. Estou trabalhando num desenho sobre seus estudos. Vou chamar de *Homem Vitruviano*.

– Desenho estranho...

– Estranho é você, Mig! Baixa aquela corda e amarra naquele ferro na parede, por favor.

– Que coisa pesada, senhor!

– É meu *swan di volo*...

– Um cisne voador?

– Isso vai ser uma revolução, Mig... uma revolução!

O senhor Leonardo tem uma capacidade de concentração espantosa! Ele trabalha com a mesma competência em várias frentes, uma completamente diferente da outra... mas também tem uma capacidade de desligamento tão espantosa quanto! Deu cansaço, ele deita e dorme!

– Por hoje chega, Mig! Vá para casa antes que comece a anoitecer. Amanhã teremos um dia longo...

– Espero que a senhora Gioconda aceite seu convite.

– Ela virá...

– Boa noite, senhor...

– Boa noite, Mig!

O dia amanheceu claro, com um clima agradável, uma brisa leve... típico dia de verão florentino.

– Bom dia, senhor!

– Como foi seu sono, Mig!

– Reparador, senhor.

– Ótimo! Então diga bom dia a nossa ilustre visita...

– Nossa! A senhora veio!

– É... mas tive que brigar com meu marido. Ele não queria deixar de jeito nenhum...

– Acho que ele não vai se arrepender, madame.

– Não sei não, seu da Vinci. Ele é muito desconfiado!

– Mig, prepare tudo enquanto faço um chá para nós. A senhora toma chá?

– Não... prefiro um vinho.

– Mas a essa hora, senhora?

– Mig, não seja impertinente... traga um cálice de vinho para a senhora Gioconda.

– Pode me chamar de Lisa...

A senhora Gioconda estava muito elegante, com um vestido escuro, não chegava a ser preto, decotado, onde podiam-se vislumbrar seus seios fartos, e um xale da mesma cor, porém um pouco mais claro. Seus cabelos longos e levemente cacheados estavam muito bem arrumados, caindo por sobre os ombros. Era uma mulher de uma beleza natural, nada de extraordinário, e tinha uma certa robustez. Era um piteuzinho!

– Senhora Gioconda...

– Me chame de Lisa, por favor, seu da Vinci.

– Pois não... Senhora Lisa, fique sentada aqui, por favor.

– Assim?

– Isso! Olhe para mim...

– Como... assim?

– Um pouco mais para a sua esquerda, por favor.

– Assim?

– Não! Mig, ajude a senhora Gioconda, por favor.

– Me chame de Lisa, seu da Vinci!

– Desculpe! Ponha a senhora Lisa mais de lado, com o rosto voltado para mim.

– Senhora, por favor, fique assim... virada para mim e olhando para ele... isso... um pouco mais pra mim... Como está, senhor?

– Senhora Lisa, cruze as mãos, por favor.

– Assim?

– Ao contrário... ponha a direita por cima da esquerda...

– Assim?

– Isso mesmo! Perfeito! Agora... esse xale... Mig, coloque o xale da senhora Gioconda...

– Lisa, seu da Vinci, Lisa!

– ... coloque o xale da senhora Lisa no ombro esquerdo, meio jogado...

– Com licença, senhora... só um pouquinho... assim, senhor?

– Tire do decote, deixa o decote aparecer mais...

– Assim?

– Isso! Ótimo! Senhora Lisa, a senhora se incomoda de tirar os anéis e o colar?

– Ah... isso vai ser difícil! Foi Francesco quem deu... acho que ele não vai gostar nada, nada de me ver sem minhas joias!

– Bom, que seja!

O senhor Leonardo ficou ali, horas e horas olhando para a senhora Gioconda, levava o pincel à tela, voltava, sentava de frente para ela, olhava, estudava...

– Bom, por hoje é só!

– Mas o senhor não pintou nada!

– Está tudo aqui, na minha cabeça! Senhora Lisa, por favor... amanhã no mesmo horário.

– Que coisa chata... eu vim aqui a toa, né? Nem uma linhazinha, nada!

– Volte amanhã, por favor!

A senhora Gioconda saiu do *atelier* com uma cara...

– Senhor...

– O que é, Mig?

– Pelo menos um esboço, alguma coisinha o senhor podia ter feito, né?

– Pode deixar, amanhã vai estar tudo na tela...

Passamos a tarde evoluindo estudos, fazendo experiências, coisas do dia a dia. O dia acabou calmo, do jeito que começou!

– Bom dia, senhor Leonardo!

– Bom dia, Mig! Preparado?

– Pra que, senhor?

– A senhora Gioconda não virá mais.

– Por que, senhor?

– Chata, pense numa mulher chata! Veio com uma história que seu marido não queria mais, que eu tinha pedido para ela tirar as joias, que isso era um insulto...

– Eu falei! Agora vamos ter que achar outra modelo...

– Não!

– Como assim?

– Fique aqui, Mig.

– Onde?

– Aqui, fique aqui... assim...

– Mas, senhor...

– Não reclame, Mig. Só faça o que estou pedindo... aí... olhe para mim, virado pra lá e olhando pra mim... isso... agora cruze as mãos...

– Assim?

– Não! Ao contrário... isso... perfeito!

– Perfeito o quê, senhor?

– Peraí, só falta uma coisa... onde está... achei! Coloque isso na cabeça.

– Mas o que é isso, senhor?

– Uma peruca...

– Mas, senhor...

– Deixe-me ver... cadê a escova... tá aqui... fica parado, Mig, por favor!

– Senhor... ai!... o que o senhor está pretendendo?

– Você será minha Gioconda!

– Como?

– Já tenho tudo na minha cabeça, só preciso de alguém que sirva de modelo. Dá uma risadinha para eu ver uma coisa...

– Como assim, uma risadinha?

– Dá uma risadinha discreta, tipo "*estou fazendo uma coisa errada e ninguém pode me ver...*", sabe?

– Assim?

– Isso! Isso! Você é perfeito, Mig! Fique parado assim, com essa cara...

– Mas, senhor...

– Quieto, Mig!

Eu não acredito que estou servindo de modelo para um quadro, uma pintura de um retrato de uma mulher...

– Senhor?

– Quieto, Mig!

– Não tem cabimento, senhor! Ninguém vai acreditar nisso!

– Continua rindo, Mig!

– Mas está doendo minha bochecha, senhor!

– Para de frescura... falta pouco!

– Desculpe, senhor, mas não tem a menor condição de...

– Mig, fique calmo. Sai daí... venha cá ver uma coisa!

Que gênio! Que artista espetacular! Que talento incomensurável!

– Sou eu?

– Não, é a senhora Gioconda.

– Então por que eu tenho que ficar naquela posição, servindo de modelo?

– Já não precisa mais... Toma um chazinho pra relaxar...

– Não, seu Leonardo, muito obrigado!

– Então traz uma xícara para mim, por favor!

O retrato estava um esboço, um desenho simples, porém exibia uma graça, uma ternura... era uma solução, um final, não necessitava de mais nada, cor, textura, contraste, nada! Mas não era isso que aconteceria, eu sabia! Aquele desenho haveria de ser uma obra-prima do senhor Leonardo...

– Está aqui, senhor.

– Um brinde ao duque Ludovico Sforza, o mecenas de Florença!

– Saúdee!

– Você não vai tomar um pouquinho?

– Não, seu Leonardo, vou para casa, fiquei de ajudar minha mãe nos afazeres.

– Vai, meu filho. Só cuidado com a chuva. Pegue minha capa.

– Não se preocupe, senhor. Vou correndo... é rapidinho.

– Mande um beijo a sua mãe.

– Obrigado, senhor!

Ih! Tá chovendo mesmo! Vou correndo! Ai... opa, que engraçado... peraí... não pode ser... de novo!

Pipipi... pipipi... pipipi... pipipi...

– Meu Deus do céu!

Mig novamente volta de seu treino após uma hora pedalando. Incrédulo, permanece sentado na bicicleta ergométrica por um tempo, tentando se restabelecer.

– Como é que pode um negócio desses? É lógico que ninguém vai acreditar em mim... puta piração do cacete!

Mig desce da bicicleta, enxuga-se com sua toalha e caminha a passos curtos e desorganizados até o banheiro.

– Preciso de um banho e de um tempo, senão vou ficar doente da cabeça!

Mig pensa na sua experiência se achando o cara mais maluco do planeta.

– Porra, viver com Leonardo da Vinci é foda demais! Que cara louco... mais louco que eu! Como é que vou explicar que a Mona Lisa sou eu? Ai, meu Cristo Redentor!

Após o banho, Mig nem telefona, vai direto a casa de Gilson para contar-lhe o ocorrido.

– Saiu cedo de casa, o que houve?

– Aconteceu de novo!

– O quê?

– No treino...

– O que aconteceu de novo?

– No treino, Gilson. Depois dos vinte minutos...

– Você foi pra onde?

– Pra Florença do início do século XVI.

– Não me diga que você...

– Fui!

– Não pode ser!

– Pode!

– Você conheceu Leonardo da Vinci?

– Pior...

– Como assim, pior?

– Presenciei o trabalho que ele fez na Mona Lisa.

– Você estava em Florença em 1504?

– 1503!

– O auge do Renascimento, Mig! Você tem noção disso?

– Tenho, ô se tenho!

– Mig, isso é loucura total!

– Isso não é nada, Gilson!

– O que mais...

– Não vou nem contar, você vai me arrebentar...

– Vai, fala logo... o que é um peido pra quem já tá cagado?

– A Mona Lisa...

– O que tem a Mona Lisa?

– A senhora Gioconda aceitou o convite...

E Mig começou a contar o que havia acontecido de fato naqueles dias de verão em Florença. Gilson ouvia atentamente, mas não conseguia acreditar.

– Mig, meu querido amigo. Não há a menor possibilidade de isso ser verdade. Ninguém sabe ao certo quem foi a modelo para Leonardo da Vinci pintar a Mona Lisa.

– Eu sei!

– Não sabe não! Você acha que sabe. Você acha que foi lá. Você acha que viu Leonardo da Vinci. Você acha um monte de coisas, Mig!

– Mas a senhora Gioconda...

– Que senhora Gioconda o quê, Mig! Isso é pura suposição. Não se tem nem a certeza da existência dessa senhora Gioconda, quanto mais ela ter sido a modelo do quadro.

– Mas o sorriso é meu!

– Que sorriso?

– Aquele sorriso maroto que a Mona Lisa tem nos lábios, sabe?

– O que é que tem?

– Eu que estava rindo pro seu Leonardo...

– Que "seu" Leonardo, Mig! Para com essa bobagem!

– Ele me chamava de Mighiberti.

– Chamava de quê?

– Mighiberti... meu nome era Mighiberti!

– Ave Maria!

– Ele que me pediu para rir. Até me falou para pensar que eu estava fazendo uma coisa que não era para ninguém saber, sabe... tipo uma coisa bem traquinas!

– Traquinas?

Gilson estava realmente puto da vida com Mig. Além de louco, estava começando a falar uns termos meio babacas, ele estava achando que Mig estava ficando meio bobo com aquela história toda.

– Porra, Mig. Traquinas é de foder! De onde você tirou isso?

– É, Gilson... traquinas, serelepe...

– Então você é a Mona Lisa?

– Sou!

– Meu Deus do céu! Você enlouqueceu mesmo! Vai pra casa, Mig. Não aguento mais ouvir essas suas histórias malucas de viagens no tempo. Pra mim é demais da conta!

– Mas, Gilson...

– Cara, faz esse favor pra mim. E pra você também! Vai pra casa, descansa um pouco, a gente se vê de tarde, tá bom? Preciso de um tempo pra pensar nisso tudo que está acontecendo.

– Você que sabe. Tchau!

– Tchau, Mig!

Gilson passou o dia remoendo aquilo que Mig havia relatado de manhã, aquela história rocambolesca.

– Imagina só, o Mig é a Mona Lisa. Vê se tem cabimento uma coisa dessas! Nunca ouvi falar que essa tal de endorfina causasse tanto estrago numa pessoa!

Já Mig, em casa, pensava em tudo... nas suas viagens, em Santos Dumont, em Leonardo da Vinci, nele mesmo...

– Eu ajudei esses caras todos. Tenho meu valor! Eu estive lá!

Mas sua cabeça estava mesmo é no que Gilson havia proposto, a volta aos estudos.

– Sabe que não é uma má ideia? Voltar a estudar... pode ser uma boa mesmo! Arejar um pouco a cabeça, talvez seja disso que eu esteja precisando.

Gilson não apareceu mais, deu um tempo mesmo! Mig ficou em casa, tinha um compromisso inadiável, seu treino de musculação da tarde! Logo que acabou, Mig tomou seu banho e, entre uma procurada num armário aqui, uma vasculhada numa gaveta ali, acha um livro antigo de história que ganhou de presente há tempos, que falava sobre as sete maravilhas do mundo antigo. Ele pega, abre e começa a folhear, sem muito compromisso. Passa pela Grande Pirâmide de Queóps, a belíssima Estátua de Zeus em Olímpia, o Templo de Ártemis em Éfeso, o suntuoso Mausoléu de Halicarnasso, o Colosso de Rodes, o Farol de Alexandria...

– Gozado... se eu bem me lembro, de todas as sete maravilhas, só não se tem registro dos Jardins Suspensos da Babilônia. E todo mundo acredita na existência deles! Por que será? Há desenhos explicativos, as possíveis formas, tamanhos, sua localização... tá tudo aqui! Agora, se conseguiram provar a existência de seis das sete maravilhas, quem convenceu todo mundo da existência dos Jardins Suspensos? Por que motivo eles fazem parte da lista se ninguém conseguiu provar que eles efetivamente existiram? Não é engraçado?

Mig continua a folhear o livro por mais alguns instantes e dorme; porém, pela primeira vez em anos, com a TV desligada. No dia seguinte, começa tudo de novo, acorda, toma café, se prepara para sua maratona de exercícios, sobe na bicicleta...

– Que sossego, acordar sem a TV ligada! Me livrei daqueles programas ridículos... Bom, vamos lá! Sessenta minutos, 75/3, minha aguinha, toalha... pau na máquina!

E Mig começa a pedalar tranquilo, com leveza. Depois de um tempo, começa a divagar...

– Ainda vou pesquisar sobre esse negócio dos Jardins Suspensos da Babilônia... boa ideia! Vou começar meu projeto "volta aos estudos" por aí!

Nesse momento, bateram os vinte minutos de treino...

– Migaerxes, volte aqui! Não saia correndo desse jeito! Mig, volte...!

– Estou atrasado, não posso desapontar o rei logo hoje!

– Pelo menos coma alguma coisa!

– Não dá... depois eu como!

Estou muito atrasado! Preciso chegar ao palácio antes de Nabucodonosor. Essa obra é muito importante para mim! Ele vai aceitar minha proposta... o filho dele há de convencê-lo!

– Então, Evil-Marduque, falou com seu pai?

– Ai, Migaerxes, não falei! Papai está tão incomodado com esse negócio de Jerusalém que nem dorme direito! Uma fixação pelos hebreus que dá até medo!

– Mas e sua mãe, não é ela quem quer os jardins?

– Pois é... além de tomar Jerusalém, papai ainda tem que resolver o problema de mamãe... ela tá tão chata com essa coisa de não ver verde nenhum, que coisa horrorosa! Ela fica triste, com saudades das florestas de Ecbátana e aí fica atazanando papai para ele construir alguma coisa pra ela por aqui!

– Eu preciso pegar essa obra, Evil!

– Eu sei, Mig, mas dá um tempo! Deixa a poeira baixar... papai era para ter voltado da Judeia ontem, não sei o que aconteceu. Ele voltando, com certeza eu falo com ele sobre isso. Ele tem que resolver, senão mamãe vai ter um troço!

– Você sabe como está a minha situação, não sabe?

– Sei, Mig!

– Aquela maldita torre, aquelas muralhas enormes que seu pai fez eu construir me liquidaram. Estou quebrado, Evil. Estou quebrado!

– Calma, Migaerxes, vamos resolver isso...

– Vou até o campo ver como andam as coisas. Quando seu pai chegar peça para me avisar, tá?

– Pode deixar.

Nabucodonosor é muito louco. Quer construir um jardim suspenso para a rainha Amitis só pra ela parar de encher o saco dele com esse negócio de natureza, de floresta... e ele não vai medir esforços para isso. Só não sei como vou fazer para deslocar tanta terra para cá... ele quer seis montes com colunas... um por cima do outro... vai ser duro!

– Mig! O príncipe Evil-Marduque manda avisar que Sua Majestade, o rei Nabucodonosor, acaba de chegar!

– Ótimo! Como está a cara dele?

– Me pareceu estar satisfeito. Cansado, mas satisfeito!

Vamos lá... É agora!

– Papai, como foi na Judeia?

– O reino de Judá é nosso, filho!

– A impressão que dá é que o senhor não vai sossegar por aí, estou certo, papai?

– Querido Evil, o império não tem fronteiras, não tem limites! A Babilônia será do tamanho do mundo! Seremos maiores que Hamurabi!

– Papai, Migaerxes me procurou hoje. Ele quer saber como vai ficar aquele projeto sobre os jardins.

– Chame-o aqui.

– Já estou aqui, meu rei!

– Mig, Mig! Você é muito ansioso, sua aflição o atrapalha muito, Migaerxes!

– Não é isso, Alteza. Penso na alegria de minha rainha.

– Pare de bajular Amitis, Mig! Você não me engana.

– Como assim, Alteza?

– Sei de sua situação. Sei de tudo, Migaerxes!

– Meu querido rei. Preciso muito dessa obra. Vossa Majestade não vai se arrepender.

– Não sei não! Você é muito devagar, Mig. Muito preguiçoso!

– Prometo acabar a obra em quarenta dias.

– O quê?

– Isso mesmo, Majestade. Quarenta dias!

– Não prometa o que não poderá cumprir, Mig!

– Prometo!

– Evil, registre isso. Nem um dia a mais. Você terá quarenta dias para construir os Jardins Suspensos para minha querida Amitis, do jeito que você me mostrou, com seis montes arborizados sobrepostos, sustentados por colunas de vinte e cinco metros de altura, escadas de mármore, canais de irrigação, tudo como está no projeto.

– Pode deixar, Majestade!

– Calma, Mig! Aonde vai? Ainda não terminei.

– Pois não, Majestade!

– Se você falhar, não terei piedade.

– Vossa Majestade não precisará se preocupar com isso, pode ter certeza!

– Só quero ver!

– Com licença, Majestade... Evil... preciso começar as obras já!

O rei faz uma pressão enorme, diz que vai mandar matar, torturar, mandar prender, mas no fundo é uma boa pessoa! Nabucodonosor tem um grande coração, é misericordioso. Ao mesmo tempo em que tem seus momentos de inferno, de trevas, de tirania! Ele tem uma mania de perseguição descontrolada, teme pela sua segurança, pelo seu império. Por outro lado, tem muita paciência. É só ver os treze anos que ficou cercando a Fenícia, esperando até sua rendição. Ele não se dá por vencido, nunca!

– Meu filho, o que você acha?

– Ah, papai! Ele está desesperado... precisa dessa obra para poder saldar as dívidas... mas acho que ele assinou sua sentença! Quarenta dias é muito pouco.

É agora que Evil vai me ajudar. Ele tem que convencer o rei, me defender... deixa eu ficar aqui quietinho, preciso ouvir essa conversa...

– Pois é... também acho, mas ele quis assim, e assim será!

– E onde serão feitos os jardins?

– Migaerxes deu duas opções: uma delas, a que eu mais gosto, porém a menos prática, seria a construção dos jardins na parte de cima do palácio...

– No telhado?

– Sim. O problema é saber se a estrutura do palácio comporta o peso da obra...

– E a outra opção?

– A que não me seduz muito, porém a mais prática, seria a construção dos jardins perto do rio Eufrates. O local é belíssimo e a água abundante!

Qual será a opção preferida do rei? Se eu soubesse, seria minha glória...!

– E...

– E... ele é quem vai resolver! Sua mãe nem sabe e nem vai saber até a finalização completa da obra, não preciso nem dizer, né?

– Claro, papai! Segredo total!

– Bom garoto!

Tenho que construir esses jardins o mais rápido possível. Pelo projeto, o ideal seria construir perto do Eufrates, pela facilidade de bombeamento de água. O problema é levar o material para lá. Mas em cima do palácio é pior. Precisaria fazer um estudo estrutural e isso vai levar um tempo que não tenho. É... não vai ter jeito! Vai ter que ser ao longo do Eufrates...

– Sídon?

– Sim, senhor!

– Sídon, preciso que arregimente o maior número possível de homens saudáveis e fortes o suficiente para uma tarefa dura, duríssima!

– Pois não, senhor! Qual seria essa tarefa, senhor?

– Temos que construir o maior jardim já visto em toda a Mesopotâmia! Esse jardim será visto desde as montanhas de Erzerum e será cultuado por todos os povos do Oriente em nome da rainha Amitis.

– Assim será feito, senhor!

– Em quarenta dias, Sídon!

– Como é, senhor?

– Prometi ao rei Nabucodonosor que o jardim estará pronto em quarenta dias...

– Aí é foda, senhor!

Sídon foi a primeira baixa de minha equipe, que já era pequena! Com ele, saíram Khabur e Shattarab, dois dos meus melhores homens. Sobrou-me Semir, meu fiel companheiro. Filho de Cambises, um grande mercador persa, ele sabia como ninguém como vender uma ideia.

– Semir, preciso que me ajude a convencer as pessoas a aceitarem minha proposta de trabalho. Não tenho tempo a perder!

– Mig, convenhamos que não é uma tarefa muito fácil. Quarenta dias para levantar um jardim desse tamanho não é para qualquer um...

– Não interessa! Eu dei minha palavra e tenho que cumpri-la!

– Esse é o problema. A palavra é sua, não deles! Por que eles morreriam por uma promessa que não fizeram?

– Mas eles não vão morrer!

– Como você pode garantir? Nabucodonosor é implacável. Não será apenas você que sofrerá sua ira, mas todos os que fracassarem.

– A coisa não é tão complicada assim. São seis montes, um em cima do outro, umas escadas, uns jardins, a gente faz uns muros de contenção, nada de muito especial...

– Mig... não é assim que se faz! Você já se deu mal uma vez pensando exatamente desse jeito. Vai querer fazer de novo?

– Daquela vez deu tudo errado... impossível dar errado duas vezes, né? Agora vai dar tudo certo, você vai ver!

– Como você pretende construir esses jardins?

– Serão como pequenos platôs suspensos por colunas de mármore de vinte e cinco metros, ligados por largas escadas também de mármore e terão um sistema de irrigação através de bombeamento das águas do rio Eufrates que percorrerão valetas que circundarão todos esses platôs fazendo uma corrente de água ininterrupta. Nos platôs serão plantadas muitas palmeiras que formarão grandes alamedas, com flores e árvores frutíferas...

– Migaerxes, meu querido amigo, você enlouqueceu de vez! Seu projeto é impossível de ser feito, quanto mais em quarenta dias.

– Impossível é conversar debaixo desse sol alucinante... vamos até o rio, preciso me banhar um pouco.

– Não quero atrapalhar seu projeto, mas prefiro não participar.

– Não diga isso, Semir. Você não pode me abandonar justo agora que posso resolver meus problemas, retomar minha vida.

– Eu sei disso, Mig. Mas talvez o seu sucesso seja o meu suplício...

– Deixa disso, Semir... Vamos entrar na água, refrescar as ideias!

– Vá você primeiro...

– Ah, que delícia! Venha, Semir... Opa! Peraí... Não... não!

Pipipi... pipipi... pipipi... pipipi...

– Meu Deus do céu! Eu acho que estou pirando mesmo! Nossa Senhora!

Mig mais uma vez deixa sua bicicleta ergométrica incrédulo, esfregando sua toalha no rosto suado e escorando-se nas paredes e portas.

– Realmente é difícil de acreditar, mas está acontecendo de verdade! Estou vivenciando essas situações... que loucura, cara!

Ajoelhado na frente da cama, Mig estende os braços por sobre o lençol e abaixa a cabeça...

– Será que é só comigo que acontece isso? Será que há outros atletas que passam por essa experiência do mesmo jeito que eu? Impossível ser só comigo... ai, bicho... puta merda! Vou tomar um banho...

Mig entra no chuveiro anestesiado, pensando no que acabara de acontecer, na experiência que acabara de viver, na história de sua viagem...

– E o pior é que não há nenhuma ligação entre uma viagem e outra. Uma hora estou em 1906 em Paris com Santos Dumont, depois vou para o Renascimento trabalhar com Leonardo da Vinci, depois pro século VI a.C. na Mesopotâmia construir os Jardins Suspensos na Babilônia... na Babilônia, cara! Olha que absurdo! Eu pedindo emprego pro Nabucodonosor! Quem é que vai acreditar nisso? Nem eu tô acreditando!

Mig não consegue relaxar, está elétrico, ansioso, pensando em mil coisas ao mesmo tempo.

– Vou falar com o Gilson, com o Nelson... eles precisam saber de mais essa viagem. Aliás, eles precisavam estar aqui comigo quando isso acontecesse!

A ideia de Mig seria, no próximo treino, ter a companhia de Gilson e de Nelson juntos para que eles pudessem presenciar o exato momento da viagem, desde o começo até o final, desde a ida até a volta.

– Gilson?

– Fala, Mig!

– Cara...

– Não vai me dizer que aconteceu aquilo de novo?

– Aconteceu!

– E você foi pra onde? Pra Arca de Noé?

– Para de bobagem, Gilson! Isso é sério...

– É... ô! Seríssimo!

– Fui pra Babilônia.

– Pra onde?

– Cara, eu fui pra Babilônia, conheci Nabucodonosor!

– A múmia?

– Que múmia, Gilson? Você não sabe nem o que é múmia, vem com brincadeira pra cima de mim...

– Eu... com brincadeira? Mig, presta atenção no que você tá falando pra mim, cara! Você me liga em casa, de manhã, pra falar que conheceu Nabucodonosor. Só falta dizer que você construiu os Jardins Suspensos...

– Não deu tempo!

– Não deu tempo de quê?

– De construir os Jardins Suspensos... eu voltei antes!

– Ah... vai a merda, Mig! Que voltou antes, o quê! Você devia é ter ficado lá... quem sabe não seria um grande faraó egípcio e deixava a gente em paz...

– Egito não tem nada a ver com Mesopotâmia, Gilson!

– V-O-C-Ê é que não tem nada a ver com nada, Mig!

– É a pura verdade, Gilson. Eu estava pronto pra construir os Jardins Suspensos para a rainha Amitis, tudo certo... só faltava juntar o pessoal...

– Que pessoal? Que pessoal, Mig?

– Os ajudantes, os trabalhadores... homens vindos das mais remotas partes do Oriente, da Síria, da Caldeia, da Média...

– Meu amigo, você tá piradinho da silva!

– Eles me chamavam de Migaerxes...

– Puta que pariu!

Gilson estava muito preocupado com Mig. Aquilo tudo que ouvia era um absurdo extremo! Porém, apesar de nada fazer o menor sentido, ele achava estranho Mig saber de tudo aquilo, todos os pormenores sobre aqueles fatos históricos, coisas que não estavam em livros, situações, o cotidiano, nomes, fatos... e Mig contava tudo com uma naturalidade de quem realmente havia passado por aquilo! Gilson acabou por procurar Nelson, sem que Mig soubesse do encontro.

– O que você acha disso, Nelson?

– Olha, Gilson, o que você está pensando eu também pensei e continuo pensando. O Mig não está maluco, nem descompensado, nem nada. Ele está sob forte ação da endorfina, que está tendo sobre ele um efeito muito particular.

– Sim, mas até onde isso vai?

– Pois é... não sei. E acho que muito pouca gente sabe. Vai de cada um, cada organismo reage de uma forma diferente.

– Você acredita que ele esteja vivenciando tudo isso mesmo?

– Acredito. Talvez não com essa intensidade toda, mas acredito sim.

– Ele fala sobre coisas que eu não vejo em livro nenhum. Não há registro nenhum. E são fatos históricos amplamente estudados e relatados.

– E o mais interessante disso tudo é que ele é parte integrante da história.

– O problema é que ele está começando a achar que esteve realmente nesses lugares e nessas épocas, o que é impossível, não?

– É... isso é impossível!

– O que podemos fazer?

– Acho que agora nada. Não adianta impedi-lo de se exercitar, muito menos de pedalar. Deixa como está, só vamos monitorando para ver até onde ele vai.

– Isso não pode levá-lo à loucura?

– Não acredito nisso. Ele tem consciência do que está acontecendo, relata os fatos logo após o ocorrido, não tem medo de enfrentá-los, duvido muito que ele tenha um problema maior.

– Ai, meu Deus... morro de medo dessas coisas!

– Não se preocupe, Gilson. Vamos continuar a observá-lo... isso tende a acabar, mesmo porque a dose de endorfina que o corpo libera vai diminuindo com o tempo; já, já ele para com essas viagens dele!

– Isso não vicia?

– É...

– É o quê?

– Vicia, mas pra viciar precisa ser uma dose muito grande durante muito tempo, o que não é o caso.

– Bom, vou embora. Prometi levar o Mig pra jantar. Quero que ele se distraia um pouco, veja gente...

– Faça isso. Vai ser ótimo pra ele.

Gilson sai da casa de Nelson um pouco mais aliviado e vai ao encontro de Mig para jantarem. O restaurante escolhido foi o Rei do Espinafre, um bistrô bacaninha, meio da moda, onde só se via gente descolada, bonita...

– Porra! Bacana este lugar, hein?

– Pensa o quê, Mig! Acha que vou te trazer em qualquer espelunca?

– Malandro... aqui só tem gata! E o visual é muito bacana!

– É... e ainda não tá bombando! Dá pra gente jantar tranquilo e depois só curtir o espaço!

– Show!

– Pois não, senhores. O que desejam para beber?

– Eu quero tomar um suco de tomate temperado para abrir a noite.

– Bela pedida, Gilson! Vou nessa também!

– Muito bem, dois sucos de tomate temperados. Algo para beliscar?

– Hum... que tal um quibe?

– Legal, uma porçãozinha de quibe fritinho vai cair bem...

– Ótimo!

– Aí... traz um limãozinho!

Mig parecia bem disposto, alegre. Aquela situação para ele era como se nunca houvesse acontecido antes, uma novidade! Sair assim, numa noite de calor, ver gente diferente, bonita, num lugar bacana... ele estava adorando!

– Obrigado, meu amigo! Você não sabe como isso está me fazendo bem.

– Imagino. Eu quero que você se sinta em paz, alegre, quero que você se divirta muito, esqueça um pouco tudo o que tem acontecido nos últimos dias, curta um pouco a sua vida.

– É... acho que estou mesmo precisando disso!

Dali em diante, só bobagens. Gilson contou um monte de piada ruim, Mig riu de todas como um idiota, beberam *steinhaeger* com chopp, comeram um T-Bone cada um, até que Mig, já de fogo, não aguentou e soltou...

– Gilson, meu amor!

– Para com isso, Mig! Que meu amor?

– Você é meu amor, cara!

– Tá, eu sou o seu amor!

– Você não acredita, né?

– Acredito, Mig!

– Não! Você não acredita em mim! Você nunca acreditou em mim!

– Eta! Não começa com bobagem, Mig!

– É verdade! Essa história dos meus treinos, você não acredita em mim!

– Mig, a gente já bebeu demais. Vamos embora.

– Não! Agora eu quero que você me diga a verdade... na frente de todo mundo aqui... você acredita ou não acredita em mim?

– Cara, eu acredito em você, tá bom assim?

– Olha aí... tá vendo? Você só tá falando isso pra eu ficar quieto e ir embora dormir...

– Não é nada disso, Mig!

– É sim! Você, o Nelson, ninguém acredita em mim! Você... é... você aí... loira gostosa... você também não acredita em mim, né? Sua gostosa do caralho!

– Para com isso, Mig! Só falta você arrumar briga aqui!

– Ah... ela tá olhando pra mim com cara de... sua gostosa! G-O-T-O-Z-A!

– Vambora, Mig! Já chega!

– Deixa só eu acabar esse *steinhaeger* aqui! Tim tim! Saúde, D-I-L-Í-C-I-A!

– Querida, desculpe meu amigo, ele está bêbado demais!

– Tá dando pra notar! Que cara chato...!

– Quer dar pra mim, né? Tá morrendo de vontade de sentar aqui no Cabo Jorge...

– Fica na sua, Mig!

– Olha a cara dela! "*... deixa eu te amar, faz de conta que sou o primeiro...!*"

– Porra, Mig! Cala essa boca, cacete!

Gilson e Mig saem do bistrô num estado lastimável... Gilson ainda estava um pouquinho melhor... Mig estava uma vergonha! Eles vão abraçados andando e cantando pelas ruas até a casa de Mig.

– *"É verão, rouxinóis, já é tempo...!"*

– Que "rouxinóis", Mig! É "bom sinal"... *"É verão, bom sinal, já é tempo...!"*

– Ah... não enche o saco! E essa aqui, ó, internéchionau corporeicham... se liga... *"Ui ar femily... uou uou uou... ai gat horn and pitxours tchu mi!"*

– Ave Maria! Tá foda, hein, Mig?

– Foda é você que não entende porra nenhuma de inglês, fica aí dando uma de gostoso!

– Chegamos... cadê a chave da porta?

– Que chave?

– Vai logo, Mig! Dá essa chave!

– Não tem chave nenhuma...

– Vai, caralho! Cadê?

– Tira a mão daí... tá louco?

– Para de gritar! Deixa eu pegar a chave no seu bolso!

– Sai daí, Gilson, porra!

– Ai... ai...! Puta merda!

– Desculpa, cara! Foi mal...

– Caralho, Mig... olha o que você fez! Meu nariz tá sangrando!

– Desculpa, já falei... foi mal!

– Foi mal, não! Você está mal! Você está pirando, cara! Agora deu pra bater nos outros!

– Não foi de propósito, Gilson... foi um acidente!

– Taí, achei a chave... fica com ela!

– Entra aí, Gilson... pelo menos passa uma água nisso.

– Deixa pra lá! Vou embora!

– Porra, Gilson. Entra aí, cara! Desculpa...

– Não tem nada não, isso aqui sara. O negócio é você, Mig! Você é quem precisa de ajuda, e rápido! Fique bem...

Gilson vai embora e deixa Mig bêbado sentado no chão da rua em frente a sua casa. Mesmo depois que começa a chover, Mig não sai do chão, agora molhado. Fica ali, pensando em tudo o que aconteceu, no que está acontecendo, nas coisas que tem vivido, como está lidando com tudo isso...

– Será que eu tô pirando mesmo? Não pode ser! Preciso descansar, minha cabeça está uma britadeira!

Mig se levanta muito devagar, consegue entrar em casa e, sem nem tirar os sapatos, deita na cama molhado, sujo e bêbado! Na manhã seguinte, o despertador, que o próprio Mig programou para tocar todos os dias às 7h, não falha!

– *trimtrim... trimtrim...*

– Noooossa!

– *trimtrim... trimtrim...*

– Meu Deus...

– *trimtrim... trimtrim...*

– Cadê o telefone?

– *trimtrim... trimtrim...*

– Peraí, já vou atender!

– *trimtrim... trimtrim...*

– Cadê esse telefone?

– *trimtrim... trimtrim...*

– Achei... alô?

– *trimtrim... trimtrim...*

– Alô?... Alô?

– *trimtrim... trimtrim...*

– Cacete... não é o telefone?

– *trimtrim... trimtrim...*

– Como é que faz pra parar esse troço, pelo amor de Deus!?

– *trimtrim... trimtrim...*

– Ah... maldito despertador! Esqueci esse infeliz ligado justo hoje que estou completamente sem condições, não tô a fim de fazer nada, nem ginástica, nem café da manhã, nem cocô... NADA! Ai, minha cabeça! Aaaaatchim...! Bicho, dormi molhado, a cama está toda ensopada... aaaaaaatchim...! Ih, só falta eu ficar gripado! Aaaaaaaaaatchuuuuuu...! Nossa, que bagunça! Minha cabeça parece uma bigorna!

Mig vai até a cozinha preparar um chá para tomar e pegar um remédio para a dor de cabeça. Toma um banho quente, troca a roupa de cama molhada, deita-se novamente e dorme a manhã inteira. Realmente não queria saber de nada. Mig sabia que teria um dia daqueles, sombrios, solitários, um dia para esquecer e ser esquecido. Dormiu, acordou, viu um pouco de TV, fez de tudo para que o dia passasse rápido, mas sua condição física estava deplorável, com febre e fortes dores pelo corpo. Tentou o quanto pode, mas não teve jeito, ligou para Gilson para pedir ajuda.

– Gilson...

– Fala, Mig!

– Cara, eu não estou muito bem...

– O que houve, você está com a voz estranha!?

– Acho que estou com febre... acho não, estou com febre... aaaaaaatchimmm!

– Você está é gripado! Tomou aquela chuva ontem à noite?

– Pois é, não me lembro. Só sei que acordei todo molhado, a cama ensopada...

– Então tomou, né?

– Aaaaaatchuuuuu...! É, acho que sim!

– Bom, meu amigo... o negócio é você ficar de molho em casa, tomar um remedinho que amanhã você já vai estar melhor.

– E o seu nariz?

– Não quebrou, se é isso que quer saber.

– Que bom, fico feliz! Pô, cara, desculpa de ontem... aaaaatchimmm... eta nóis! Fui um babaca completo, né?

– Foi! Mas tudo bem... Fica aí em casa, se cuida que depois a gente se fala. Você está mesmo precisando dar um relax...

– É, pode ser mesmo.

– Tchau.

– Tchau, até mais!

Mig voltou a dormir.

Mig morava em uma pequena casinha térrea que alugava de um senhor português que tinha mais umas quinze casinhas iguais à dele, todas no mesmo bairro. Seu Joaquim teve durante muitos anos uma famosa padaria herdada de seu pai e, com o dinheiro que conseguiu guardar, começou a construir as tais casinhas para que pudesse parar de trabalhar e viver dos aluguéis. Ele sempre dizia orgulhoso que, graças aos seus pãezinhos, tinha conseguido casar, construir sua própria casa e criar seus seis filhos, todos letrados. De família humilde, seu Joaquim veio para o Brasil ainda muito menino junto com seus pais, que deixaram a região de Beira Alta atrás de trabalho no comércio. Seu pai abriu uma pequena mercearia que depois veio a se tornar a famosa padaria do seu Joaquim e, com ela, ele cresceu e, de certa forma, prosperou. Como agora ele vive dos aluguéis, seu Joaquim não dá folga aos seus inquilinos, muitos inadimplentes como Mig.

– Hoje é dia de pagamentos e de cobranças. Quero só ver quem vai pagar os atrasados!

Diferentemente de outros proprietários que também viviam de seus aluguéis, seu Joaquim ia pessoalmente cobrar seus devedores.

– Bom dia, seu Miguel!

– Olá, seu Joaquim, que surpresa!

– Pois é, vim aqui...

– Já sei, seu Joaquim, veio por causa do pagamento do aluguel, certo?

– Dos pagamentos... já são três meses de aluguéis atrasados, seu Miguel!

– O senhor não quer entrar um pouquinho, seu Joaquim? Acabei de passar um café!

– Pois bem...

Apesar da cara de poucos amigos, seu Joaquim era boa pessoa e gostava de Mig, nem ele sabe muito bem por quê. Já Mig, tentando se refazer do dia anterior, tentava aplicar mais uma vez o golpe do pagamento mês que vem...

– Seu Joaquim, seu Joaquim! A vida não está fácil não!

– Eu que o diga! Tenho que fazer essa via-sacra todo começo de mês... correr atrás do prejuízo, seu Miguel!

– É... e o pior é que tem muita gente desonesta neste mundo, não é mesmo, seu Joaquim?

– Ô! E como tem!

– Pois é, seu Joaquim... eu não sei se o senhor sabe, mas estou com uns projetos aí, coisa grande... gente graúda, e...

– Não estou sabendo de nada, seu Miguel.

– Mas vai saber, seu Joaquim... vai saber! É só um projetinho desses engatar que os outros todos vão atrás, sabe como é?

– Infelizmente eu não sei como é não, seu Miguel. O que eu sei é que hoje é dia de eu receber o dinheiro do meu aluguel, aliás, dos meus aluguéis... com esse mês são quatro aluguéis que o senhor me deve, seu Miguel.

– Eu sei, seu Joaquim. Mas veja bem, eu preciso somente de um tempo para que os projetos sejam aceitos pelos presidentes das empresas multinacionais. Me parece que eles estavam programados para uma reunião de cúpula nesta semana. Sabe como são essas empresas, né, seu Joaquim? Resolvem uma coisa aqui, daí tem que ir lá pro estrangeiro, daí resolvem lá, depois volta tudo pra cá de novo...

– Seu Miguel, entenda...

– Eu sei, seu Joaquim... eu sei que o senhor vive dos seus alugueizinhos, que a vida está dura, eu sei de tudo isso...

– Então, é só o senhor pagar o que me deve que tudo fica bom!

– Eu vou pagar, seu Joaquim. É só me dar mais uma semana. Prometo que na semana que vem eu pago todos os meses atrasados e ainda pago adiantado o mês que vem, que tal?

– Seu Miguel... o senhor está me embromando. Conheço bem essa história...

– Deixa disso, seu Joaquim. Pode confiar em mim! Semana que vem, fechado?

– Ai, ai, seu Miguel!

– Relaxa! Toma esse café que está fresquinho.

Mig passou o dia meio de molho, sem fazer seu exercício matinal. Deixou passar a ressaca naturalmente, já que o descanso, os remédios e o chá tinham resolvido parte de seus problemas. Ele só estava com uma vontade incontrolável de comer um doce, possivelmente ainda como resultado daquela bebedeira. Resolveu sair para comer um chocolate no Recanto da Larica, uma doçaria perto de sua casa da qual era assíduo que tinha, segundo ele, "o melhor chocolate do mundo"!

– Fala, seu Ramirez!

– Olá, Mig! Sumido?

– Mais ou menos, seu Ramirez. Fiquei um pouco distante, mas agora estou de volta, e com saudades daquele chocolate maravilhoso!

– Ih, Mig! Tem tanta novidade aqui que acho que você vai passar o dia com a gente!

– Pode ter certeza!

Seu Ramirez, um espanhol da Galícia, era um comerciante muito antigo e respeitado do bairro, assim como seu Joaquim. Profundo conhecedor de seu ofício, seu Ramirez fazia chocolates como poucos. Tinha uma receita herdada de sua mãe de um chocolate amargo com avelãs que era o grande carro-chefe de sua doçaria. Fazia também a *couverture*, um chocolate rico em manteiga de cacau utilizado pelos maiores chocolateiros internacionais. Sua casa era simples, pequena, porém muito aconchegante. Na vitrine externa, chocolates de todas as cores e formas, brancos, mesclados, amargos, com castanhas, passas, línguas de gato, bombons, barras. Nas vitrines internas, bolos, doces, balas, sorvetes e uma infinidade de pequenas delícias ou, como seu Ramirez mesmo chamava, "pequenos pedaços de ilusão". Era lá que, durante muito tempo, Mig refugiou-se para se deliciar com esses pequenos pedaços. Às vezes, seu Ramirez fazia de Mig sua cobaia na degustação de novidades culinárias. Hoje, pelo jeito, seria mais um dia desses.

– Por onde começamos, Mig?

– Ora, ora... o senhor é o chefe! Eu só obedeço!

– Então vamos começar com esse aqui...

– Hum...!

– Que tal? É uma trufa de chocolate com laranja!

– Que delícia, seu Ramirez!

– Colocamos no cardápio agora. Os clientes estão adorando!

– E não é pra menos. Tá chique, hein, seu Ramirez? Trufas!

– É, Mig... tem que inovar, senão vem outro e come a gente! Experimenta esse agora...

– O que é?

– Um chocolate diferente.

– Diferente como?

– Experimenta, oras!

– Nossa! Que maravilha!

– Essa receita eu não dou nem morto!

– Sensacional!

– A gente resolveu dar o nome de Montezuma.

– Por quê?

Seu Ramirez passa a contar para Mig a história do chocolate, desde sua descoberta em Honduras em 1100 a.C., depois o uso pelos maias, pelos astecas, até a chegada dos espanhóis ao Novo Mundo, o encontro de Montezuma com Hernán Cortés...

– Que incrível, seu Ramirez! Nunca imaginei que o chocolate

fosse uma bebida sagrada, servida por Montezuma como uma honraria!

– E só foi difundido na Europa depois que Hernán Cortés chegou à América, em 1519. Foi ele quem levou o tal *xocoatl* para o Velho Mundo!

– Água amarga, quem diria que chocolate quer dizer água amarga!

– E servia para combater o cansaço!

– Essa eu gostei! Dá mais um então, seu Ramirez, que eu estou estressadíssimo!

Mig ficou no Recanto da Larica até de noitinha, comendo chocolates dos mais diversos sabores, experimentando as novidades de seu Ramirez e ouvindo histórias. Voltou para casa, tomou um banho e foi dormir, engasopado de tanto doce! Pensou até em ligar para Gilson, mas deu preguiça! Na manhã seguinte, já recomposto e curado, decidiu voltar com gás total aos treinos postos de lado nos últimos dois dias. Mesma rotina... levantou-se, colocou sua roupa de ginástica, foi até a cozinha preparar seu café da manhã, voltou ao quarto, subiu na bicicleta ergométrica munido de sua garrafinha de água e sua toalha, programou seu exercício e pôs-se a pedalar. Durante o treino, vinha a sua cabeça a deliciosa tarde de degustação que tinha passado e a incrível história sobre a civilização asteca

e a descoberta do chocolate. Até baterem os fatídicos vinte minutos de treino...

– Alteza! Alteza!

– O que foi, Migapotzalco!

– Alteza, Ele está chegando...

– Quem?

– Quetzalcóatl!

– O que você está dizendo, Mig! Acalme-se...

– São naves enormes, deslizando pelas águas, cobertas de panos brancos, elas são muitas! Como previram os zapotecas!

– Sente-se, Migapotzalco. Conte-me o que você viu.

– Alteza! Vi enormes naves de madeira, com mastros e panos brancos, estão chegando do alto-mar como grandes cisnes deslizando pelas águas. É maravilhoso!

– Tlacopan, vá com Mig e cheque o que está acontecendo.

– Sim, Alteza... vamos, Mig!

– Você não vai acreditar no que vai ver, Tlacopan.

– Vamos logo, não quero que Montezuma se aborreça. Corra!

– E se for mesmo Quetzalcóatl?

– Está nos escritos, Mig. Um dia, a Serpente Emplumada voltará para sua terrível vingança!

– O que será essa vingança, Tlacopan?

– Não sei, Mig, mas Montezuma há muito espera por esse dia e por sua chegada.

Quetzalcóatl é o Deus-Sol, aquele que vem do oeste, o que caminha sobre as águas, o senhor dos ventos! Tanta espera, tanta angústia, tanta expectativa, mas aquele que desce da grande nave com o símbolo cruciforme dos quatro ventos, com sua barba branca e volumosa, só podia ser Ele! Vinha recuperar Tenochtitlán.

– Veja, Tlacopan, eles estão desembarcando...

– São muitos!

– Olha, é Ele, Quetzalcóatl!

– Não consigo ver direito...

– Venha aqui, veja por aqui...

– É Ele mesmo! É Quetzalcóatl! Vamos, vamos avisar Montezuma imediatamente!

Que emocionante! Nosso Deus está de volta, reclamando Tenochtitlán, como está nas escrituras. Não posso perder esse encontro por nada! Quetzalcóatl e Montezuma! Nossa!

– Homens! Preparem tudo. Vou ao encontro Dele!

– Alteza, não seria melhor esperar aqui por Sua chegada?

– Não! Quero conhecê-lo, reverenciá-lo!

– Temo por sua segurança, Alteza!

– Quetzalcóatl não deve ser temido e sim amado!

– Assim será, Alteza!

Seguimos Montezuma andando por quase uma hora pelas encostas de Tenochtitlán. Percorremos quase metade da ilha. As águas do lago Texcoco estavam calmas, o dia estava lindo e claro e o sol escaldante! E foi debaixo daquele calor sufocante que nos deparamos com Quetzalcóatl!

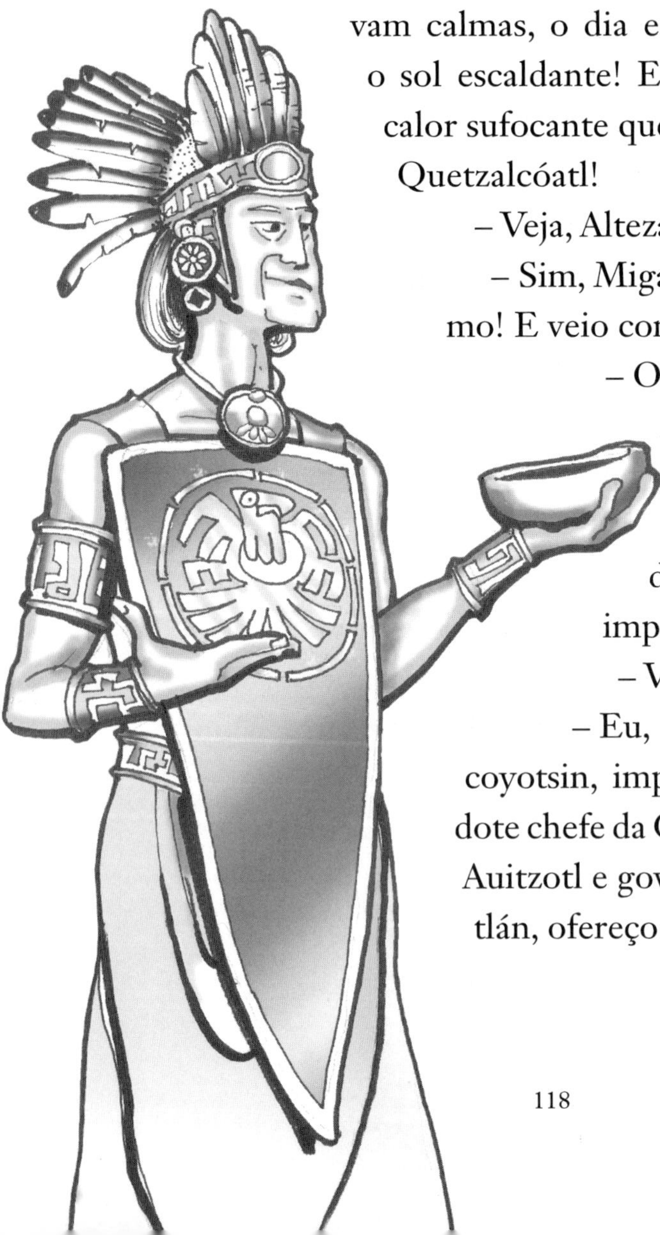

– Veja, Alteza. Não estava certo?

– Sim, Migapotzalco. É Ele mesmo! E veio com muitos dos seus!

– O que faremos agora, Alteza?

– Temos que recepcioná-lo com todas as honras de nosso império!

– Vou chamar Tlacopan.

– Eu, Motecuzoma Xocoyotsin, imperador asteca, sacerdote chefe da Calmecac, herdeiro de Auitzotl e governante de Tenochtitlán, ofereço minhas boas-vindas!

– Hernán Cortés, capitão-general, notário de Azua de Compostela, venho em nome do rei Carlos V da Espanha.

– Uma honra recebê-lo, capitão.

– Um prazer...

– Montezuma, pode me chamar de Montezuma.

– Um prazer, Montezuma!

– Vamos, capitão. Quero mostrar-lhe nossa cidade.

O que impressionava era a subserviência de Montezuma diante daquela figura. Além de sua felicidade por receber Quetzalcóatl, Montezuma também demonstrava profundo respeito e admiração por Ele. No caminho até o palácio em Tenochtitlán, Montezuma deu a Quetzalcóatl vários presentes. Quetzalcóatl não acreditava no que via, parecia maravilhado com aquela quantidade de ouro.

– Sua Alteza possui mais?

– Por favor, capitão. Me chame apenas de Montezuma.

– Montezuma, onde consegue essa quantidade de ouro?

– Ah...! É o que mais temos aqui, ouro e cacau!

– Ouro e o quê?

– Cacau, capitão! Cacau! Quando você experimentar, não vai querer outra coisa!

– Estou curioso...

– Estamos quase chegando, capitão. Deixe-me apresentar-lhe Migapotzalco.

– Capitão...

– Prazer...

– Mig. Todos o chamam de Mig.

– Prazer, Mig!

– Capitão, Mig será seu servo enquanto estiver em nossas terras.

– Com o maior prazer, capitão!

– Ótimo! Obrigado, Montezuma.

Quando chegamos ao palácio de Axayacatl, Montezuma ordenou que fosse servida uma das maiores honrarias do império, o *xocoatl*, um chá a base de cacau feito na ilha de Guanaja e só tomado pelo imperador e oferecido aos grandes sacerdotes em rituais e ocasiões muito especiais.

– O que é isso, Montezuma?

– Prove, capitão.

– Um chá?

– Não é apenas um chá, capitão. É um de nossos maiores tesouros!

– Hum... um pouco amargo, não?

– Chama-se *xocoatl*, feito com cacau, baunilha e um pouco de pimenta.

– Interessante!

– Usamos como fonte de energia, capitão. Com ele, a fadiga se vai!

– Muito interessante!

– Prove mais um pouco...

– Não, obrigado! Alteza, gostaria muito de saber mais sobre suas reservas de ouro.

– Capitão, volto a pedir... me chame apenas de Montezuma!

– Ah, sim... desculpe. Mas, sobre as reservas...

– Bom, temos muito ouro e prata em nossa região, mas prometo que vou lhe mostrar tudo amanhã. Agora acredito que esteja cansado da viagem.

– Não, não!

– Mig, por favor, mostre ao capitão seus aposentos.

– Mas, Montezuma...

– Boa noite, capitão!

– Boa noite, Montezuma!

Parece estranho, mas, depois de presenciar a conversa entre Montezuma e Quetzalcóatl, comecei a ter uma certa desconfiança. Sinto uma coisa esquisita com relação ao capitão. Não sei exatamente o que é, mas a sensação não é confortável. O timbre de sua voz, a forma como olha para Montezuma... nada me parece muito amigável. Por que esse interesse descabido por nossas reservas de ouro? Por que tanta gente ao seu redor? Quetzalcóatl virá para nos salvar, não é isso que está nas escrituras?

– Capitão, por aqui.

– Belo palácio!

– É... Sua Alteza tem um carinho muito especial por este lugar. Cuidado com os degraus...

– Gostaria muito de conhecer as fronteiras de seus domínios...

– Olha, capitão... isso pode levar um tempo grande, porque Sua Alteza parece que tem bastante terra... Ele é dono de quase tudo por aqui!

– Isso eu quero ver, com certeza! O tamanho de seu poder!

– Acalme-se, capitão! Pelo jeito, amanhã será um dia longo. Aqui está seu quarto.

– Que maravilha!

– Este é o aposento preferido de Sua Alteza. Nunca ninguém ficou hospedado aqui.

– Que honra a minha!

– Pode acreditar! Por favor, qualquer coisa me chame. Estou a sua disposição.

– Não se preocupe, Mig. Estou bem.

– Boa noite, capitão.

– Obrigado!

Fui dormir com um sentimento duplo, ao mesmo tempo extasiado e intrigado. Extasiado por participar desse momento histórico, a chegada de Quetzalcóatl! Intrigado por achar que o capitão não é Quetzalcóatl! Mas como saber? Não posso simplesmente chegar para Montezuma e dizer que o capitão não é quem ele pensa que ele é! Que aquele homem que chegou pelo mar, com aquela grande barba no rosto, vestido com um manto preto e vermelho e acompanhado de um fabuloso exército não é quem as escrituras profetizam que seja. Vamos ver... Talvez esteja vendo coisa onde não tem!

– Mig! Mig!

– Pois não, Alteza!

– Vá acordar o capitão. Temos um longo dia pela frente e não podemos perder tempo!

– Irei imediatamente, Alteza!

– Quero mostrar-lhe tudo. Quetzalcóatl vai se orgulhar de minhas conquistas! Tenochtitlán o receberá de braços abertos! Hoje não vou desgrudar dos dois. Tenho que ter certeza de que Sua Alteza não corre nenhum perigo.

– Bom dia, Montezuma!

– Capitão, como passou sua noite?

– Muito bem, obrigado. Seu palácio é muito confortável! E o quarto onde dormi, um primor!

– Ah! Aquele quarto... tantas lembranças!

– Bom, estou pronto.

– Ótimo! Mig, agrupe os homens, vamos caminhar!

– Não prefere ir com meus cavalos, Montezuma?

– Nunca andei a cavalo, capitão. Não saberia nem como começar!

– É muito fácil. São animais extremamente dóceis e muito úteis!

– Me parece interessante! O que acha, Mig?

– Para conhecer a cidade, Sua Alteza, acredito que andando seja a melhor forma.

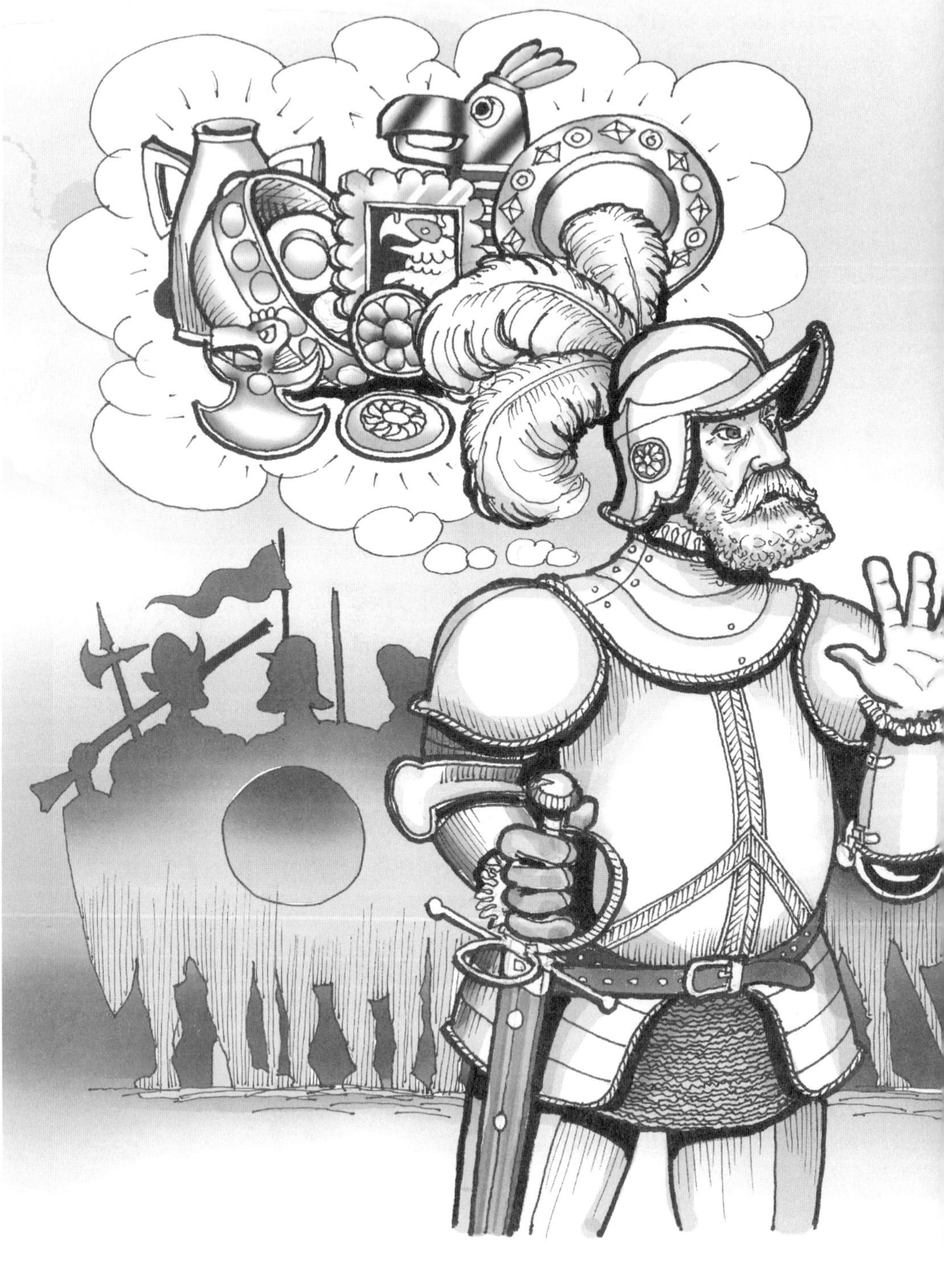

– Vamos a cavalo, então!

– Mas, Alteza...

– Mig, não tem mas! Quero andar sentado num cavalo, será uma experiência diferente, nova...

– E não será em qualquer cavalo, Montezuma! Montará Corbélius, o melhor cavalo de toda a Espanha!

– Viu, Mig? Montarei Corbélius!

Montezuma estava realmente maravilhado com Quetzalcóatl. E os presentes em ouro não paravam de chegar... máscaras, gargantilhas e grandes peças, além de penugens de Quetzal e peles de animais! Os homens do capitão não acreditavam na quantidade e na qualidade do ouro oferecido. Quetzalcóatl ganhava a cada minuto um pouco mais a confiança de Montezuma, que queria saber mais sobre a cultura e a forma de vida do povo espanhol. Conversaram sobre tudo, mas o que realmente intrigou Montezuma foi quando o capitão falou sobre religião. Quetzalcóatl explicava como funcionava a religião cristã e tentava fazer com que Montezuma a aceitasse.

– Mas como vocês comem a carne e bebem o sangue de seu Deus? Não consigo entender!

– A eucaristia é um simbolismo. Ninguém come a carne de ninguém nem bebe o sangue de ninguém. É o simbolismo do sacrifício de Cristo para que pudéssemos nos redimir de nossos pecados.

– Mas não deveria ser o contrário? Nós é que temos que nos sacrificar por nosso Deus e não Deus se sacrificar por nós!

Eu ouvia aquilo e também não entendia!

– E vocês sacrificaram seu Deus? Crucificaram Cristo? Por quê?

– Para devolvê-lo ao Pai, nosso Deus maior!

– Mas então por que vocês não adoram unicamente esse Deus maior? Por que adorar um ser que foi vítima de sacrifício?

É muito difícil entender essa religião! Aliás, Montezuma ficava extremamente irritado com Quetzalcóatl quando a conversa caminhava para esse tema. Outra coisa que irritava profundamente Montezuma era quando Quetzalcóatl falava de Sua Majestade o rei Carlos V da Espanha.

– Montezuma, devemos fidelidade e subserviência ao nosso rei.

– Nosso?

– Sim, Montezuma. Temos que nos unir em torno do poder maior do rei Carlos V.

– Que poder é esse?

– O poder da força, da conquista, da inteligência, da diplomacia, da palavra.

– Mas temos tudo isso aqui em Tenochtitlán. Por que me curvaria a seu rei?

– Porque apenas ele dará a tranquilidade e a paz esperadas por seu povo.

Quetzalcóatl não media esforços para convencer Montezuma de suas convicções e, por incrível que poderia parecer, estava obtendo sucessos! Em um momento de descanso, Montezuma mais uma vez ofereceu a Quetzalcóatl o *xocolatl*. Porém, dessa vez, algo inacreditável aconteceu...

– Tome, capitão.

– Obrigado, Montezuma.

– Mig, chegue mais perto. Aproveite a oportunidade e experimente também um pouco.

– Eu, Alteza?

– Sim, você. Não vai me dizer que não tem a curiosidade de tomar?

– Lógico que tenho. Sempre quis experimentar, mas nunca imaginei que isso fosse possível!

– Tudo é possível, Mig. Tudo!

– Sábias palavras, capitão!

– Alteza, não me sinto digno.

– Pare com isso, Mig! Beba logo!

– Está bem... Nossa, é mesmo muito amargo! Epa! Ai, não... o que está acontecendo...!

Pipipi... pipipi... pipipi... pipipi...

– Meu Deus do céu! Não dá pra acreditar! Isso está virando um vício maluco! Não dá vontade de parar!

Mig continua incrédulo. Treino vai, treino vem... as viagens se acumulando, as experiências se atropelando, mas Mig continua sem entender.

– Montezuma? Eu, um asteca discípulo de Montezuma? É pegar pesado demais!

Novamente ele sai da bicicleta com sua toalha no rosto e vai rumo ao banheiro para aquele banho! Para em frente ao espelho...

– Cara! Eu preciso começar a analisar um pouco mais isso que está acontecendo. Deve existir alguma conexão, alguns pontos comuns, alguma coisa que faça com que tudo isso aconteça, que dê um *start* nisso tudo!

Durante o banho, Mig chega a conclusão de que não pode mais ter essa experiência sozinho. Ia ter que convencer Gilson a presenciar seu próximo treino.

– Paris, Florença, Babilônia, Império Asteca... nada a ver uma com a outra! Começo do século XX, Renascimento, depois século VI a.C., agora 1519... também nada a ver! Numa eu era garçom, depois modelo de pintor, depois empreiteiro e agora discípulo... nada com nada!

Mig se apronta e sai em direção à casa de Gilson, para uma conversa séria e definitiva. Porém, no caminho começam a aparecer evidências...

– Mig! Em todas as viagens eu era eu mesmo! Pelo menos no nome... todos me chamavam de Mig! Primeiro foram as iniciais de Marcel Ivo Grubert, MIG! Depois,

Mighiberti, apelido... Mig! Depois veio Migaerxes, apelido... Mig! Agora fui de Migapotzalco, também apelido... Mig! Que incrível!

Mig sabia que, se parasse para analisar, muitas outras evidências surgiriam. E surgiam mesmo...

– É lógico! A água! O meu contato com qualquer líquido me faz voltar. O exercício na bicicleta me faz ir e o contato com a água me faz voltar! Primeiro foi tomando champagne, depois a chuva, depois nadando no rio e agora tomando o chá! Que loucura!

Mig ia decifrando alguns enigmas, andando pelas ruas, atônito. Chegou à casa de Gilson totalmente eufórico...

– Gilson! Gilson!

– Peraí que já desço para abrir a porta!

– Vem rápido que preciso te contar umas coisas...

– Lá vem você, Mig! Tá começando cada vez mais cedo!

– Vem logo!

– Vai... entra!

– Gilson, você precisa se sentar e prestar atenção no que vou te dizer, sem preconceitos, sem pré-julgamentos, só escute.

E Mig começou a contar a Gilson sobre seus pensamentos, suas descobertas, suas dúvidas e suas conclusões sobre tudo o que estava acontecendo com ele.

– Mas, Mig, você há de convir comigo que o que está me dizendo não faz o menor sentido, concorda?

– Como não faz o menor sentido, Gilson? Está na cara que existe uma relação entre minha ida e minha volta, como isso se dá.

– A volta no tempo não existe, Mig. É impossível você viver numa outra época. Isso é um absurdo total!

– Pode ser, mas está acontecendo comigo!

– Não está!

– Está!

– Mig, meu amigo, preste atenção! São várias as possibilidades: você pode estar sob forte tensão, estresse, pressão, você pode estar tendo pequenas alucinações, normais até para quem está há tanto tempo parado, isolado, sedentário. Você pode estar doente e a gente nem sabe. A mente humana é perversa, desconhecida, incontrolável...

– Gilson, deixa eu te fazer uma proposta. Vamos amanhã de manhã, no meu próximo treino, fazer um acompanhamento mais detalhado. Eu sozinho não tenho como observar, preciso que alguém de fora faça isso por mim. Eu começo o treino com você ao meu lado, observando e registrando tudo o que se passa, até o final... o que você acha?

– Acho ridículo! Eu parado, dentro do seu quarto, de pé, de manhã, olhando você pedalar por uma hora? Tô fora!

– Gilson, é a única forma de termos a certeza de que estou realmente alucinando ou falando a verdade. O que me diz?

– Mig...

– Por favor, Gilson!

– Está bem... está bem. Amanhã.

– Obrigado, amigo!

Mig saiu da casa de Gilson mais aliviado. Sabia que não estava doente, não estava tendo alucinações, que o que estava vivendo era real, possível, mas precisava de alguém que estivesse com ele, que compartilhasse com ele suas viagens e, nesse ponto, ninguém mais confiável que seu melhor amigo.

Aproveitou que já estava na rua e foi até a livraria tentar achar um livro autobiográfico que contasse uma história bacana, envolvente. Na realidade, Mig procurava por um livro que perdeu antes que pudesse ler... contava a história do astronauta Neil Armstrong. Ele não sabe se ficou em alguma mudança, se emprestou e não devolveram... Mig adorava autobiografias e estava levando a sério sua volta aos estudos.

– Bom dia, seu Leitor!

Um pequeno aparte aqui... O que é o encontro de um escrivão com deficiência auditiva com um pai fanho. O nome era para ser Heitor, mas o pai não conseguia pronunciar o nome direito e o escrivão entendia menos ainda... deu nisso!

– Ora, ora, Mig, quanto tempo! Por onde andou?

– Seu Leitor, se teve uma coisa que eu não fiz durante esse tempo todo foi andar! Fiquei parado mesmo! Dentro de casa!

– Esteve doente?

– Digamos que sim...

– Mas estou te vendo tão bem, forte, corado...

– É, seu Leitor, ressuscitei!

– Que bom... É só ver Jesus... ressuscitou também e tá aí, um sucesso danado! A melhor coisa que ele fez!

– O senhor não perde a piada, né?

– A que devo a honra de sua visita, Mig?

– Venho atrás de um livro sobre a vida do astronauta Neil Armstrong. Sabe qual é?

– Sei sim. Mas acho que está em falta... deixe-me ver aqui...

– Na realidade, o livro não é tão novo, acho que tem uns dez, quinze anos...

– É, eu sei... já vendeu muito, depois ficou parado uns tempos na prateleira, depois voltou a vender... livro é assim mesmo, vende, para, vende...

– Mas o senhor está firme aqui na livraria, né, seu Leitor?

– Ah, Mig! É o que sei fazer... cuidar de livros. São meus filhos!

– Que legal, seu Leitor. Queria ter essa paixão!

– Achei! Tá aqui... *First On The Moon – A Voyage With Neil Armstrong.*

– É isso mesmo, seu Leitor! Puxa vida, pensei que nunca mais ia achar esse livro. Faz tanto tempo!

– Mas aqui a gente acha de tudo... de tudo!

– Eu sei, seu Leitor. Por isso que sua livraria vive cheia!

– Só isso por hoje, Mig?

– Só... muito obrigado.

– Volte sempre que quiser...

– Pode deixar, seu Leitor!

Mig volta para sua casa já folheando seu novo livro. Entre uma página e outra, fotos, registros, depoimentos...

– O cara foi pra Lua... viu tudo isso aqui lá de cima... é pra pirar, isso sim é pra pirar qualquer um! E o primeiro... antes dele, ninguém!

Mig chega em casa e põe-se a ler sentado numa cadeira perto da janela de sua pequena sala. Passa o dia inteiro assim, lendo. Vez por outra se levantava para fazer um lanche, tomar uma água...

– Ele viu a Muralha da China lá de cima! Da Lua! Imagina só... ele está lá, a milhares de quilômetros, vê a Terra redonda, cheia de nuvens, um monte de água, toda azul... e lá está ela, a Muralha da China! Feita pelo homem e vista da Lua! Quem é mais louco, né? O cara que está lá em cima vendo ou o cara que fez isso aqui embaixo?

Mig interrompe sua leitura, lembra-se que terá um dia intenso pela frente e prepara-se para uma boa noite de sono. Amanhã, nada poderá estragar seu treino monitorado.

Mig acorda ao som da campainha. Era Gilson que chegava, muito a contragosto, para o monitoramento do treino que Mig iria começar. Tomaram um bom café da manhã, conversaram um pouco sobre amenidades e se prepararam, cada um a sua forma, para a grande manhã.

– Bom, Gilson... eu vou começar da mesma maneira que sempre comecei meus treinos. Vou pegar minha garrafa de água, minha toalha, vou sentar na bicicleta ergométrica e vou pedalar, no mesmo ritmo, com a mesma carga, tudo igualzinho. Você senta aqui, pega a caneta, o caderno e vai anotando tudo o que acontecer, ok?

– Pode deixar! Eu sei que não vai acontecer nada, mas, de qualquer jeito...

– Só preste atenção e não perca nenhum detalhe, só isso!

– Tá bom!

– Vamos lá...

E Mig começa seu treino. Gilson, meio desatento, ainda com sono, totalmente incrédulo, passa a escrever o que vê...

– E aí? Vou escrevendo o quê?

– Escreve o que você achar pertinente, o que tiver a ver com o treino e, principalmente, qualquer alteração em mim ou no treino... se não estiver acontecendo nada, não escreve nada!

Gilson não escrevia literalmente nada, pois nada acontecia de diferente ou que merecesse anotações. Mig estava lá, pedalando forte, porém sem grandes esforços. Seu condicionamento físico já estava muito melhor.

– É isso mesmo?

– É, Gilson... sem estresse, cara! Só faz o que te pedi...

– Tô fazendo!

O tempo ia passando e nada...

– Sabe que comprei ontem um livro sobre a vida de Neil Armstrong?

– Ué... você já não tinha esse livro? Comprou outro pra quê?

– Eu perdi o meu, não sei se emprestei pra alguém, se eu perdi em alguma mudança...

– E é legal?

– Muito! O cara foi um ícone... uma celebridade mundial!

– Também, não é pra menos! Ele foi o primeiro homem a pisar na Lua, não foi?

– Foi! E sabe que ele viu lá de cima a Muralha da China?

– Ah... para com isso! Imagina, a Muralha da China lá da Lua?

– É verdade! A única construção que se vê da Lua é a Muralha da China!

– Tá bom...

Nesse momento, bateram os vinte minutos de treino...

– Mig Tian, espere! Pare de correr assim...

– Tenho que levar esse material para a elaboração da poção antes que estrague.

– O que é?

– Mercúrio. Tenho que acondicioná-lo em local fresco, sem muita luz...

– Mas precisa correr desse jeito?

– Na realidade, não!

– Então pare! Vamos andar...

– Fusu, por que seu pai busca enlouquecidamente a imortalidade?

– Não sei, Mig Tian. Mas parece que agora vocês finalmente encontraram uma poção que vai torná-lo imortal.

– Me parece um pouco arriscado, você não acha?

– Acho, mas o que é que eu vou fazer? O imperador quer assim, assim será!

Eu nunca entendi a forma como o imperador Quin Shi Huang busca sua imortalidade. Mandou uma ordem a mim e a outros cientistas e médicos da corte para prepararmos uma poção que o tornará imortal, como se já não bastassem as ordens para a construção de projetos descomunais e a própria unificação da China, uma das reformas mais significativas da política chinesa.

– Isso vai acabar por destruir seu pai e o império!

– Não acredito nisso! Temos é que nos voltar para a construção da Grande Muralha, essa sim a obra que vai eternizar meu pai!

– Eu acho isso também, não precisa de poção nenhuma!

– Mas ele quer, Mig! Faça o que ele ordenou, para o seu próprio bem...

– Já está praticamente pronta, só falta a última dose de mercúrio que o dr. Jiayuguan está trazendo de Gansu.

A outra loucura do imperador Quin Shi Huang que também me custa entender é cercar a China contra os povos invasores do Norte. A meta é construir um muro de oito metros de altura por sete de largura e três mil quilômetros de extensão, que vai do mar Amarelo no nordeste até o deserto de Góbi e a Mongólia, a noroeste. Uma insanidade!

– Fusu, como seu pai pretende levar a cabo a construção dessa muralha?

– Ah, Mig! Já estão no campo mais de quinhentos mil homens, entre nativos, camponeses e soldados. E vem mais por aí...

– Mas... e material para tudo isso?

– Trarão pedras de calcário das montanhas de Pequim.

– De Pequim? Que loucura!

– Mais louco é querer viver para sempre...

Preparei, junto com meus companheiros, a tão esperada poção da imortalidade com uma dose generosa de mercúrio, o elemento insolúvel, a prata líquida, o mensageiro dos deuses... Tinha que dar certo!

– Quando o imperador vai tomar a tal poção?

– Hoje, após o jantar. Será o primeiro dia da lua nova da primeira lunação do ano *long*, o ano do Dragão.

– E o que tem a ver uma coisa com a outra?

– É que o Dragão é o único que tem a força, a determinação e o poder de que o imperador precisa para ser imortal.

– Mas como saberemos se deu ou não resultado?

– Daí já não sei... A gente mata ele, se ele ressuscitar deu certo!

– Senão?

– Senão quem vai ter que tomar serei eu!

A poção é preparada e colocada em uma vasilha de barro para que se mantenha em temperatura ambiente e armazenada fora da luz do sol, pois só nessas condições o mercúrio permanecerá em seu estado líquido até ser ingerido.

– Meu pai quer que você esteja lá, que jante com a gente e fique até a poção ser definitivamente consumida.

– Não posso fazer isso, Fusu. Ninguém até hoje jantou nos aposentos do imperador... e não serei eu a mudar a história da China!

– Pois é... mas, infelizmente, vai ser você! Imagine só, todos falando que Mig Tian, o maior médico de todo o Império Chinês, jantou com o imperador!

– Não brinque com isso, Fusu...

– Não é brincadeira, não! E é bom você não se atrasar. O imperador odeia atrasos, e odeia que as coisas deem errado!

– Ai, ai, ai!

Vou ter que jantar com o imperador, não vai ter jeito! E se a poção não surtir efeito nenhum? Vou falar para o imperador que só serão sentidos os efeitos na manhã seguinte à ingestão. Pelo menos tenho aí mais uma noite tranquila de sono!

– Senhoras e senhores, o imperador!

– Boa noite, majestade!

– Fiquem à vontade, por favor! Sentem-se e divirtam-se, pois hoje é uma noite muito especial, será um marco na história da humanidade!

– Se não me atrevo, majestade, por quê?

– Não é atrevimento algum, caríssima Yeh Hsien. Amanhã acordarei com a imortalidade permeando meu corpo e minha mente!

– Mas como, majestade?

– Dr. Mig Tian...

– Uma honra, majestade!

– ... meu querido médico, conte a T'o Huan como conseguirá tal proeza!

– Através de estudos intensos durante as últimas vinte e duas lunações, eu e minha equipe conseguimos elaborar uma poção capaz de produzir a imortalidade a quem a ingerir. Porém, somente surtirá efeito ao nascer do sol do segundo dia do ano do Dragão.

– Amanhã?

– Sim, majestade!

– Como saberei?

– Há um teste eficaz que não deixará dúvidas, majestade.

– E como é esse teste eficaz?

– Surpresa!!! Amanhã saberás!

– Bom, diante disso, sugiro comermos e bebermos, pois a noite é longa e muito especial!

Passamos a noite toda conversando, comendo e bebendo. O menu era fartíssimo, coisa de imperador mesmo!

– O que é isso, Fusu?

– É *Chun Juan*, uma entradinha que tem que ser apreciada tomando esse *Maotai*.

– Uau!... parece bom! Mas vou ficar só no *Chun Juan*!

– Uma pena... com o *Maotai* fica outra coisa!

O imperador estava realmente muito animado! Ria, falava alto, consumia tudo o que aparecia a sua frente e flertava sem pudores com Ch'ienniang, filha mais velha de Chan Yi, primeiro-oficial do exército de Huan.

– E agora, Fusu, o que vem vindo...?

– Pelo que andei sabendo, é uma receita diferente do *Song Shu Gui Yu* acompanhado de *Yang Zhou Chao Fan*...

– Tem que comer tomando alguma coisa especial?

– Não. Agora é só saborear o *Putaojiu* que meu pai mandou buscar em Yingshuan.

– Tá bacana essa festa, hein? Imagina se ele ficar imortal mesmo, quantas dessas ele não vai proporcionar?

– Nós vamos viver, morrer, outros virão, também morrerão... e o imperador lá, vivinho vivinho! Agora, Mig, me responda uma questão que me intriga.

– Diga lá, Fusu.

– Se meu pai ficar realmente imortal, ele envelhece, remoça ou vai ficar com a mesma cara pro resto da vida?

– Taí outra questão que não sei responder. Só o tempo para dirimir suas indagações...

E a noite foi se desenvolvendo naturalmente até o momento em que o imperador pediu a palavra.

– Senhoras e senhores, por favor, peço sua atenção. Chegou o momento mais esperado de minha vida. É hora de me retirar e dormir o sono dos imortais!

– Por favor, traga a vasilha do imperador! Com muito cuidado!

– Sim, senhor!

– Agradeço imensamente a presença de todos vocês aqui no palácio esta noite. Espero que tenham se divertido e que possam, amanhã, presenciar uma nova era na história!

– Aqui está, majestade!

– Um brinde ao imperador Quin Shi Huang, o imortal!

– Viva!

Que momento marcante! Estou emocionado! E ao mesmo tempo ansioso! Mal posso esperar para saber como será o dia de amanhã! Vou dormir para que a noite passe rapidamente!

– Mig! Mig!

– O que foi, Fusu? Que horas são?

– Mig, uma tragédia...

– ... o que aconteceu??

– O imperador morreu!

– Como assim, morreu?

– Ele não acorda de jeito nenhum. Não respira, não tem pulso, nada!

– Peraí... deixe-me ver!

Não pode ser! Ele não pode ter morrido! E, se morreu, não pode ter sido pela poção!

– Saiam de perto do imperador, por favor! Deixem-me ver...

– E aí, doutor?

– Não respira!

– Foi aquela maldita poção que você fez ele tomar, não foi, Mig?

– Eu não fiz ninguém tomar nada, Fusu. Ele que exigiu que eu fizesse!

– E você aproveitou para matá-lo!

– Eu? O que é que eu iria ganhar com a morte do imperador? Pare de falar besteiras, Fusu!

– Guardas, prendam esse homem!

– Fusu, pare com isso! Vamos investigar o que pode ter causado a morte de seu pai...

– ... sem investigações! Eu sou o imperador agora e faço o que eu quiser, o que achar melhor!

– Fusu, por favor!

– Levem-no!

Puta merda! Eu preso na China... preciso tomar alguma coisa... uma água, qualquer coisa pra me livrar disso aqui o mais rápido possível!

– Guarda, por favor, deixe-me tomar um gole de água, estou seco!

– Doutor, só vou aceitar seu pedido porque o senhor salvou a vida de minha esposa e do meu filho no dia do seu nascimento.

– Não acredito!

– Soldado, pegue um copo de água para o doutor.

– Quando foi isso?

– Há duas lunações atrás. Agradeço ao senhor, doutor!

– E eu a você, oficial! Você nem faz ideia!

– Está aqui, doutor! Tome...

– Até mais, senhores... ai, é isso... vai... vai...

– O que está acontecendo aqui?

– Tchau... tchau...

Pipipi... pipipi... pipipi... pipipi...

Mig volta de seu treino extasiado, desnorteado e vê a única coisa que não poderia acontecer... Gilson babando num travesseiro já babado...

– Gilson! Gilson! Acorda, veado!

– O que foi?

– Porra! Como o que foi? Como o que foi, cara? Você estava dormindo!

– Eu?

– Não, eu! Vai se foder, Gilson!

– Puta meu, desculpa!

– Ah... vai à merda!

– Nossa... eu estava aqui vendo você pedalar, foi me dando um bode...

– Vai bodear na casa do caralho!

Mig estava realmente puto da vida com Gilson, além de cansado do treino e incrédulo com o que havia acontecido.

– Pra onde você foi desta vez?

– Fui pra puta que pariu!

– Vai, deixa disso. Conta o que aconteceu...

– Vai adiantar alguma coisa?

– Vai. Conta...

– Fui para a China medieval, na época da construção da Grande Muralha.

– Vai me dizer que você era o empreiteiro?

– Não! Era um médico que elaborou uma poção para o imperador ficar imortal.

– O quê?

– Tá vendo, não adianta eu contar nada!

– Como não adianta? Conta tudo!

– Gilson, eu interagi com a viagem. Eu posso viver realmente minha viagem...

– Não, não! Vamos por partes... primeiro quero saber dessa história de imortalidade...

– Eu era o médico de confiança do imperador Quin Shi Huang e amigo pessoal de seu filho Fusu.

– Ahã...

– Não esculhamba, Gilson...

– Não estou esculhambando, conta aí...

– Ele tinha um desejo incontrolável de descobrir o caminho para a imortalidade e me pediu que elaborasse e produzisse uma poção que o tornaria imortal.

– E você conseguiu?

– Consegui!

– E você se lembra da receita?

– Como assim?

– Você se lembra de como chegou à receita final dessa poção? Isso é maravilhoso, ficaremos bilionários com essa receita!

– Você está louco?

– Eu?

– Elaborei a poção que deveria ser tomada pelo imperador somente em uma noite específica, que era ontem. Ele tomou, foi dormir e morreu!

– Puta... você matou o imperador da China?

– Me prenderam e, durante o trajeto para a prisão, pedi um copo de água.

– E...?

– Sabia que, se tomasse algum líquido, qualquer um que fosse, voltaria à realidade. Eu sabia!

– Sim, e daí?

– Daí que eu não estava na realidade, Gilson! E, não estando na realidade, como poderia saber que tomando um líquido qualquer eu voltaria para a realidade? Você percebe?

– Percebo o quê, Mig?

– Que eu tenho consciência nessas viagens que faço. Posso colocar meus sentimentos na história, posso interagir com ela, tenho vontades próprias. Sou eu nas viagens e não um personagem dela!

– Tá bom... está querendo me dizer que você foi realmente o garçon da festa de Santos Dumont?

– É mais ou menos isso...

– ... que você ajudou Leonardo da Vinci a pintar a Mona Lisa?

– Eu era a Mona Lisa!

– ... e que você construiu os Jardins Suspensos da Babilônia?

– Não deu tempo...

– ... e que você foi um discípulo de Montezuma?

– É... não fui bem um discípulo, mas estava lá ajudando...

– ... e agora você acabou de voltar de umas férias na China medieval dando dicas de como matar o imperador?

– Para com isso, Gilson! Não precisa avacalhar...

– Não estou avacalhando, mas veja bem como sua história é maluca e impossível! Você pode até estar tendo alucinações, sentindo sua mente te levar para lugares inóspitos, desconhecidos, mas viver, interagir, participar ativamente como personagem dessas histórias é doideira das boas!

– Mas então como se explica eu ter pedido água sabendo que seria exatamente isso que me traria de volta?

– Ah, meu amigo... não faço a menor ideia!

– E não é só isso... estava em situação de extremo perigo, se não fosse isso eu morreria.

– Mas como você morreria se você está em outra dimensão, Mig? Você não vive na China medieval, de dois, três mil anos atrás! Você vive aqui, agora, século XXI...

– Eu sei, mas deve haver uma explicação. Eu sabia tudo o que ia acontecer!

– Mas não é porque você era um médico chinês, isso você pode ter certeza absoluta!

– Então é o quê?

– Maluquice, Mig! Piração, doideira, alucinação, chame do que você quiser!

– Mas você dormiu, não viu como se procede o fato em si. Você veio até aqui para nada!

– E o que você sugere?

– Que tentemos amanhã de novo. Da mesma forma.

– Tá bom... amanhã a gente faz tudo de novo, só que agora sem eu dormir.

– Ótimo!

– E, depois disso, você promete que vai parar com essas coisas?

– Se não descobrirmos nada, eu prometo. Agora, se você descobrir qualquer anormalidade, qualquer alteração, aí a gente continua até descobrir tudo, feito?

– Feito!

Mig passou o resto do dia intrigado, pensando em como ele conseguia interagir com a história que estava vivendo em suas viagens. Fazia suas análises, chegava a suas conclusões, mas sentia que ainda faltava algo. Já sabia várias coisas: que viajava depois de um certo tempo de treino; que era sempre um secundário, alguém que estava vivendo algum momento histórico importante, mas na pele de um coadjuvante; que era sempre chamado pelo mesmo apelido, independentemente do nome; que voltava sempre depois de ingerir ou ter contato com qualquer líquido; e, agora que pode interagir com a história, que tem vontade própria. Mas faltava ainda responder a algumas questões. Por que nesses lugares? Por que nessas épocas? Como ele se comportava enquanto fazia seu treino?

– Hoje não vou ler nada, vou jantar e dormir... estou exausto!

E foi exatamente isso que aconteceu. Banho, jantar, cocô e cama! No dia seguinte, a mesma rotina, inclusive com a visita agora essencial do seu fiel amigo Gilson...

– Bom dia!

– Opa! Caiu da cama, Gilson?

– Não! Nada disso... hoje quero estar ligado! Quero ver, escrever, rever... hoje é dia de resolver!

– E tá poeta também!

– Inspiração matinal, meu amigo!

– Já tomou café?

– Já!

– Então, mãos à obra!

E lá foram os dois para o quarto, Gilson se sentou na cama, agora escorado pelos travesseiros numa posição ereta, observadora, e Mig preparou-se, como em todas as manhãs, para seu treino na bicicleta ergométrica. Toalha no pescoço, garrafinha de água no suporte e... começou a pedalar.

– Gilson, sabe de uma coisa?

– O quê?

– Preciso ainda descobrir alguns vazios nessa história toda...

– Quais?

– Por exemplo: por que eu vou parar nesses lugares? Paris, Florença, Babilônia, Império Asteca, China medieval...

– Deve ter alguma ligação, você deve sonhar com esses lugares, sei lá! Você já desejou conhecer o México, que é o que virou o Império Asteca? Ou o Texas? Ou mesmo Paris?

– Não... aliás, nem sabia que o México era o Império Asteca! E o que é que o Texas tem a ver com isso?

– O Texas também era território do Império Asteca, que depois pertenceu ao México, que depois foi tomado pelos americanos...

– Legal! E outra coisa: por que nessas épocas? Por que não nos dias de hoje? Por que somente histórias antigas?

– Também deve haver um motivo, talvez até com os lugares, uma coisa pode estar ligada a outra de algum modo!

Nesse momento, bateram os vinte minutos de treino...

– Mas acredito que hoje vamos descobrir tudo isso, certo?

– Certo! Quanto tempo temos até agora?

– No meu aqui, vinte e um minutos.

– No meu também... engraçado!

– O quê?

– Você me disse que sempre quando chegava aos vinte minutos começava sua viagem, né?

– É... quem falou isso na verdade foi o Nelson, com aquela história da beta-endorfina, o escambau...

– Pois é! Independente de quem tenha falado ou não, o negócio é que já estamos com quase vinte e dois minutos de treino e continuamos conversando como se nada estivesse acontecendo.

– E não está mesmo!

– E aí? É normal?

– Não sei, nunca assisti aos meus treinos!

Mig e Gilson permaneceram atentos aos fatos durante todo o treinamento até o seu final.

– E não aconteceu nada mesmo, hein?

– Estranho, porque não senti nada de diferente hoje. Foi como os outros dias, tudo igual!

– Será que você não ficou inibido com a minha presença?

– Imagina! Eu, inibido com você?

– Ué... pode ser!

– Mas não foi! Tem algum fato novo nessa história! Preciso pensar em tudo o que aconteceu de ontem para hoje. Deve haver alguma ligação...

– Bom, eu vou embora, não vi nada, não escrevi porra nenhuma, fiquei aqui batendo papo furado, perdi minhas deliciosas horas de sono...

– Vai embora, vai, Gilson! Vai dormir que você está muito bunda-mole pro meu gosto!

– Qualquer coisa que você descobrir para ajudar a responder a suas questões cruciais, por favor, me avise... estou que não me aguento de tanta ansiedade!

– Tchau, Gilson!

E não é que não deu certo!? Pela primeira vez desde que começou a treinar, Mig se via nessa situação, sem uma história para contar!

– Alguma coisa eu fiz ou deixei de fazer para que não houvesse a viagem. Vou tomar um banho e pesquisar cuidadosamente meus últimos passos.

Mig começou pelo treino. Viu e reviu todos os seus padrões, as marcas, as cargas, os tempos, tudo estava em ordem. Depois foi para seu café da manhã. Comeu o de sempre, bebeu o de sempre, na mesma hora, sentado na mesma cadeira... tudo igualzinho!

– Porra! Pareço um velho... rotina de velho coroca!

Voltando mais no tempo, passou a se lembrar das coisas que tinha feito no dia anterior... treino de manhã, conversa com Gilson...

– É isso! Não fiz mais nada! Não conversei com ninguém, não li nada, não vi nada, fiquei com a minha mente limpa, sem informações novas. Na primeira viagem, estava com o 14-Bis na cabeça por causa daquela bosta de programa de TV, depois veio aquele jantar, a invenção do Gilson, Leonardo da Vinci, depois foi o negócio das sete maravilhas, fiquei encasquetado com os jardins suspensos, depois foi a vez do chocolate, aquela tarde maravilhosa na doceira do seu Ramirez, agora foi o livro do Neil Armstrong, a parada que ele via a Muralha da China lá da Lua... e hoje não tinha nada! Não tinha nada na cabeça me perturbando! É lógico! Sou eu que determino para onde vou e em quais períodos históricos! Eu penso na coisa e daqui a pouco estou lá, vivendo aquilo! Isso é demais!

Mig encontra de uma vez só as respostas para todas as suas dúvidas. Já sabe praticamente tudo o que acontece no período de seus treinamentos, as dinâmicas, quem faz, quem deixa de fazer, por que, quando, onde e como! Não perde tempo em contar tudo o que descobriu para Gilson que, como sabemos, está dormindo gostoso!

– Gilson... acorda, Gilson...

– Ah, Mig! Deixa eu dormir só um pouquinho, PELO AMOR DE DEUS!

– Cara, não dá! Você precisa ouvir o que descobri...

– O Brasil! Você descobriu o Brasil! Você é Cristóvão Colombo!

– Puta cara burro! Foi Pedro Álvares Cabral, imbecil! E eu não sou nem Pedro Álvares Cabral, nem Cristóvão Colombo! Agora levanta aí e me escuta...

E Mig passou a relatar ao amigo Gilson tudo o que tinha acontecido, o que tinha descoberto sobre suas aventuras e o que precisaria fazer para que seu treino desse certo desta vez.

– Então faça isso, pegue um jornal, leia um livro, veja um filme, qualquer coisa que ative essa cabecinha...

– Que louco... vou decidir para onde vou na história!

– Vai pro dilúvio, olha que legal... você e Moisés...

– Porra... você fala de mim, mas aí também não tá fácil não! É Noé, não é Moisés!

– Que seja...!

Mig vai até a Biblioteca Municipal atrás de uma explicação para o fenômeno que o atinge. Procura textos, notícias, material didático, experiências relatadas e estudos científicos. Sabe-se que a viagem no tempo é um conceito, uma

interpretação que sugere a viagem por realidades paralelas. Sua possibilidade real é praticamente nula do ponto de vista prático, pois não há ainda uma tecnologia capaz de realizar uma viagem temporal. Mig acha um artigo intitulado "O paradoxo do avô", que disserta sobre o que aconteceria se alguém viajasse no tempo para matar o próprio avô, um conflito de lógica!

– Mas peraí... se eu volto no tempo, encontro meu avô antes de ele conhecer minha avó, e por um motivo ou por outro acabo tirando sua vida... ele não casaria, não teria filhos, eu não nasceria! Então como posso ter voltado no tempo se não existo?

O artigo prossegue afirmando que o tempo já é predeterminado, sendo impossível sua mudança, o que torna a viagem de volta uma vivência em um universo paralelo, onde todos seriam os mesmos habitantes do universo real, porém tudo o que acontecesse no universo paralelo não afetaria a sequência lógica dos fatos no universo real, pois quem faz a viagem no tempo teoricamente não existiria.

– Que medo! Sinistro demais...! Quer dizer que nas minhas viagens, mesmo que eu queira, não vou conseguir nunca mudar os fatos no meu universo, mas posso determinar uma outra realidade paralela e vivê-la, sem interferir no universo real! A partir do momento em que entro numa viagem, deixo de existir... Que doido!

Mig sabe que está entrando num mundo de muitos mistérios, sobre os quais grandes mentes da ciência se debruçam há muitos anos para tentar achar explicações plausíveis para suas suposições. Há um desejo humano muito forte de poder viajar através do tempo, tanto para o futuro quanto para o passado. Mig acha uma matéria sobre o físico Stephen Hawking na qual ele fala sobre cosmologia teórica e gravidade quântica, assuntos completamente novos para ele. Em determinado momento, o físico argumenta que, pela teoria da relatividade, se o homem conseguisse viajar mais rápido do que a velocidade da luz, as viagens pelo tempo seriam possíveis, mas, se a viagem no tempo fosse possível, já haveria entre nós vários turistas vindos do futuro, o que não acontece.

– Quero ver se isso é verdade mesmo. Vou escolher um lugar, um momento histórico e tentar mudá-lo, tentar transformar seu desfecho. Precisa ser um fato de conhecimento geral... vou lá, mudo as coisas e volto para ver se deu certo ou não. Agora, qual seria esse momento histórico?

Mig senta-se num banco na sala de leitura da Biblioteca Municipal e começa a pensar. Enquanto isso, vai observando o ambiente ao seu redor. Vê pessoas lendo, funcionários trabalhando, estudantes pesquisando, fazendo trabalhos em grupo. Admira-se com o silêncio que se faz naquela sala, com o respeito que se tem pelo saber, pelo conhecimento, pela história. Mig queria fazer um teste rápido, curto, que tivesse a ver com sua vida pessoal. Queria voltar a um passado remoto de sua vida, buscar reverter um momento de trauma, de angústia vivido por ele. Pensou... pensou...

– Já sei! Clara! Vou voltar para reaver meu amor. Não vou deixar aquele amor se acabar daquele jeito. Vou reverter aquela situação, fazer com que nosso relacionamento perdure. Vamos nos casar! Eu e Clara!

Mig sai da biblioteca decidido. Só ia pensar em Clara, até então uma lembrança parda, uma memória esquálida, mas que se tornaria sua ambição maior naquele momento.

Seria o seu experimento, a sua contribuição para o bem da ciência! Nem Einstein, nem Newton, nem Hawking... ele, Miguel, será a cabeça pensante a descobrir os caminhos que levarão o homem a sua consagração! A viagem no tempo!

– É isso aí... Clara, quem diria, hein? O corno que virou herói! A vagabunda que escreverá seu nome na história universal! Estou até vendo as manchetes: "A descoberta da viagem no tempo se dá através de uma chifrada homérica!". Isso é que é estudo científico! Não deixa de ser uma reação física!

Mig volta para sua casa e fica só lembrando dos seus momentos com Clara, suas sessões eróticas nas tardes de folga, jantares proporcionados por ela em seu apartamento, noites de puro êxtase, além, é claro, de fenomenais arranca-rabos por bobagens do tipo "você vai sair com esse vestidinho?", ou "com você com essa barba eu não vou a lugar nenhum!".

– Eu era feliz e não sabia! Mas aquele dia para mim foi demais, não aguentei... não poderia mais ficar com Clara depois daquilo, não tinha condições de olhar mais na cara dela, seria muita humilhaçao!

Mig dorme em paz, levando para seu sono um pouco da euforia, da satisfação e da alegria vividas em sua noite de recordações. Na manhã seguinte, acorda e passa mais uma vez por sua rotina diária que sempre antecede seus treinos, agora acrescida da presença sempre incrédula de seu amigo Gilson. Tudo preparado...

– E agora, Mig? Para onde vamos?

– Quero fazer uma experiência para ver se dá certo.

... Mig conta a Gilson o que descobriu na biblioteca...

– ... então, quero voltar e tentar reverter aquela situação com a Clara.

– Isso não vai dar certo, Mig! Você mesmo disse que é impossível mudar o passado.

– Mas não custa tentar! Além disso, a gente ainda não registrou o que realmente acontece comigo durante a viagem... vai ser hoje!

– Bom, boa sorte, então...

... e começa a pedalar. E como sempre, durante o treino, Mig e Gilson ficam jogando conversa fora...

– Não é engraçado, Gilson, veja bem... se Einstein soubesse que a sua teoria da relatividade serviria tanto para estudos da viagem pelo tempo quanto para a construção da bomba atômica, você não acha que ele voltaria para tentar reverter a situação na II Guerra?

– Se a viagem fosse factível, acredito que sim, mas para os olhos da ciência ela não é...

– A mesma coisa com Santos Dumont... se ele soubesse do uso que seria feito do seu invento, você acha que ele teria voado?

– Acho que não, aliás, dizem que ele se matou por causa disso, né?

– Pois é! Agora, eu vi cada foto na biblioteca dos estragos causados pela bomba no Japão!

– Eu vi também, mas faz tempo já, era um trabalho de sociologia para a escola que tive que fazer sobre a capacidade de reestruturação do ser humano. Tinha cenas realmente horríveis!

– Por que um cara resolve dar uma ordem como essa? Soltar uma bomba em cima de uma cidade... matar um monte de gente inocente... o que será que passou na cabeça desse cara?

– Não sei, Mig. Mas olha que ele escolheu o dia a dedo, 6 de agosto de 1945, uma segunda-feira de verão, às oito e quinze da manhã! É mole?

Nesse momento, bateram os vinte minutos de treino...

– Migamoto, o que foi? Que pressa é essa?

– Preciso contar a Tadamori sobre um pressentimento que tive em minhas meditações.

– Espere, Tadamori não está no templo. Volte aqui, Mig!

– Como assim não está?

– Tadamori foi até a província buscar mais madeira para a construção do *hirabutai*.

– Quando?

– Saiu logo pela manhã.

– Ele acabou de pintar o *Tahôtô* para poder colocar os barris de saquê?

– Acabou ontem... que pressentimento foi esse, Mig?

– Fogo, devastação, sofrimento, uma luz muito forte e muito calor!

– Isso não é pressentimento, é pesadelo!

– É, e parecia muito real! Como se fosse uma visão do inferno!

– Tadamori disse que esse tipo de pensamento não é bom...

– Não era aqui em Itsukushima, mas o local me parecia muito familiar...

– Havia pessoas nessa sua visão?

– Muita gente, milhares de pessoas correndo, chorando, muitas sem roupas, desfiguradas como se derretessem...

– Que horror, Mig!

– Parecia Hiroshima, mas não podia ser. Não havia nada em volta, somente um descampado enorme, ruínas e muita destruição! E eu sentia um cheiro fortíssimo de carne queimada... só de falar o cheiro volta, que estranho!

– Estranho mesmo! Você precisa descansar um pouco. Porque não

vai até o *haiden* para apaziguar sua mente? Você parece um pouco aflito, Mig.

– Estou mesmo... preciso falar com Tadamori. Ele pode ter alguma explicação para isso.

– Acredito que Tadamori só volte daqui a dois ou três dias.

– Para onde ele foi exatamente, você sabe?

– Primeiro ele foi conversar com o marechal Shunroku Hata para pedir maior proteção para nós em Miyajima. Tadamori está muito preocupado com essa guerra, dizem que Hiroshima está sendo evacuada... muita gente já foi para o norte. Ele teme uma invasão pelo Mar Interior, acha que a cidade de Hatsukaishi está muito vulnerável.

– E está mesmo! Não se pode brincar em tempos de guerra!

– E depois ia fazer visitas às fábricas de madeira para tentar negociar uma compra para terminar o *hirabutai* e acabar a reforma da parte externa do *sessha marodo-jinja*.

– Que dia é hoje?

– Cinco de agosto.

– Hoje não é domingo?

– É, por quê?

– O que Tadamori foi fazer em Hiroshima num domingo?

– Ele queria acordar amanhã de manhã já em Hiroshima para a reunião anual do grupo do "xintoísmo das seitas" com o sacerdote Saeki Kagehiro.

– Eu acho que vou para lá, preciso conversar com Tadamori urgentemente!

– Mas é tarde, você vai navegar de noite?

– Não posso esperar até amanhã...

– Vou com você...

– Shigeko, acho melhor não...

– Vamos, faz tempo que não vou a Hiroshima, vai ser um passeio!

– Então tá... vou até o *haiden* um pouco e depois embarcamos.

– Vou me arrumar.

Tenho um estranho pressentimento, são pensamentos carregados de tensão, de amargura, de medo! Não vou conseguir me apaziguar enquanto não dissipar esses maus pensamentos. Preciso logo estar com Tadamori.

– Shigeko, vamos agora!

– Mas nem acabei de arrumar minhas coisas...

– Vamos como estamos. Voltaremos logo, não temos muito o que levar.

– Por que essa pressa toda, Mig?

– Não sei, algo me diz que, se não encontrar Tadamori rápido, será tarde demais...

– Tarde demais para quê?

– Acho que quem vai responder isso é o próprio Tadamori.

– Se sairmos agora, acho que conseguiremos chegar em Hiroshima ao amanhecer.

– Como vamos?

– Masahito vai nos levar. Suba...

– Ai...

– O que foi, Shigeko?

– Bati a cabeça...

– Machucou?

– Não, está tudo bem.

– Podemos ir?!

– Podemos...

Esse pressentimento é real. Alguma desgraça está para acontecer imediatamente. Tenho a sensação de estar vivendo um fato já conhecido, já predeterminado. Eu sei que o que vai acontecer vai acontecer de qualquer jeito, eu avisando ou não... mas tenho que relatar o que vi, porque posso tentar mudar a consequência desse fato!

– Você está muito pálido, Migamoto!

– Estou?

– Deite-se aqui, descanse um pouco. Não demora muito e chegaremos em Hiroshima. Quer um copo de água, um chá?

– NÃO! Não posso tomar nada, não quero tomar nada!

– Calma, Mig! Só te ofereci um copo de água, mais nada... não há motivo para você ficar tão nervoso!

– Desculpe, Shigeko. Estou realmente muito ansioso, muito aflito mesmo. Vou tentar relaxar um pouco...

Ao mesmo tempo que sei que não posso beber nenhum líquido, não sei como posso fazer para brecar os acontecimentos, como fazer para controlar o incontrolável, mudar o imutável! Mas o que eu sei é que algo terrível está para acontecer e tenho que fazer alguma coisa rapidamente.

– Mig, acorde... chegamos!

– Que bom... onde está sendo a reunião do Tadamori com o marechal?

– Ainda não começou, está marcada para as oito horas.

– E que horas são?

– Dez para as oito.

– E onde vai ser?

– Numa sala no prédio da Prefeitura de Hiroshima.

– É perto, é longe? Dá pra ir a pé?

– Dá... é na margem do rio Ota.

– Então vamos para lá...

Que gozado... parece tudo tão calmo, as crianças indo para a escola, um monte de gente zanzando de um lado para o outro, uma típica segunda-feira de verão! Dia claro, acho que vai ser um dia quente!

– Como Hiroshima cresceu! Quanta gente!!

– E muito, Shigeko! E olha que o governo mandou um monte de gente embora daqui... era pra ter muito mais...!

– Quantos prédios...

Realmente Hiroshima tinha crescido demais, ruas largas, prédios. Fora a indústria que servia aos interesses bélicos do governo, o que fazia da cidade um ponto extremamente estratégico para os militares.

– É aqui, chegamos!

– Que horas são?

– Oito e dez. Acho que a reunião já começou...

– Preciso falar com o Tadamori agora!

– Calma, Mig! Você não pode invadir a sala com a reunião em andamento. Seria muita indelicadeza!

– Mas é preciso! Sinto que precisamos sair daqui imediatamente!

– Mas por quê, Mig?! Qual é o seu problema?

– Não sei, Shigeko, mas sinto que algo vai acontecer agora!

– Vou buscar um copo de água. Você está muito nervoso!

– NÃO! Não quero água... que horas são?

– Por que você quer saber as horas, Mig?

– Me fala, que horas são?

– Oito e dez.

– Oito e dez era faz tempo! Quero saber a hora exata!

– Calma, Mig... toma esse copo de água que vai te fazer bem!

– Não poss... não quero tomar água agora! Para de me servir água! Que horas são?

– São oito e treze... oito e quatorze agora! Satisfeito? Seu estúpido!

– Vamos embora...

– Mas você não vai falar com o Tadamori?

– Não dá mais tempo. Temos que ir embora... já!

– Mas, Mig...

– Já!!! Venha, corra!

– Mig, espere... minha bolsa, deixe eu...

– Deixa sua bolsa, vamos embora daqui...!

– Para onde estamos indo, Mig?

– Para algum abrigo.

– Abrigo? Abrigo de quê?

– Antibomba!

– Anti o quê?

– Deve haver algum abrigo por aqui, não é possível!

– Mig, você não está falando nada com nada!

– Cadê aquele copo de água que você ia me dar?

– Agora? Você tá louco, Mig? Uma hora você não quer, quase briga comigo, agora quer desesperadamente um copo de água... vai entender!!

– Que horas são?

– Eu lá sei que horas são, Mig? Que coisa estranha!

– Cadê o relógio da estação?

– Tá ali...

– Oito e quinze... uma água, o rio... qualquer coisa molhada, pelo amor de Deus!

– O que é que você está dizendo, Mig?

– Vai explodir... abaixe-se!

– Vai explodir o quê?

Pipipi... pipipi... pipipi... pipipi...

Agradecimentos

Beto Junqueyra, pelo incentivo e amizade.

Ilton Ferreira, o incansável prospector!

Rogério Alves, pelo carinho e pelo profissionalismo.

Ciro Araújo, meu fiel parceiro literário.

e...

...Jô Soares, sempre!

Este livro foi composto em Janson Text
para a Editora Planeta do Brasil
em agosto de 2010